ro
ro
ro

Zu diesem Buch

Hagen, Backgammonspieler mit wechselvoller Vergangenheit und ziellos in München unterwegs, besucht den unheilbar kranken, homosexuellen Richard. Die Ärzte geben ihm noch ein halbes Jahr. Aber Richard will nicht im winterlichen Deutschland sterben, und so schlägt er Hagen vor, mit ihm wegzufahren – irgendwohin, wo es keinen Winter gibt. Doch die flugs geplante Reise in die Karibik endet schon beim Zwischenstopp in New York. Wegen vermeintlichen Drogenbesitzes werden die beiden von den amerikanischen Behörden zurück nach Frankfurt geschickt. Kaum gelandet, läuft ihnen die zwielichtige junge Malerin Lidia über den Weg. Hagen verliebt sich in sie, und bald darauf geht es zu dritt in Lidias Kadett Richtung Italien. Beflügelt von ihrer seltsamen Freundschaft zueinander und im Wissen um Richards nahen Tod, ringen sie dem Dasein auf ihrer tragikomischen Tour ein Maximum an Intensität und Lebenslust ab.

«Vielleicht stehen wir am Anfang eines neuen literarischen Fin de Siècle. Und vielleicht ist Helmut Krausser der erste Großmeister dieser kommenden Zeit. Es wäre ihm und uns wirklich zu wünschen. Vor allem aber unserer Literatur.» (Maxim Biller in «Tempo»)

Helmut Krausser, geboren 1964 in Esslingen, schrieb Romane, Erzählungen, Theaterstücke, Tagebücher, Gedichte und Opernlibretti. Zu seinen bekanntesten Werken gehören die Romane «Fette Welt» und «Der große Bagarozy», die beide verfilmt wurden. Helmut Krausser lebt bei München.

Helmut Krausser

KÖNIGE ÜBER DEM OZEAN

Roman

rororo

Rowohlt

«Könige über dem Ozean» ist der zweite Teil
der Hagen-Trinker-Trilogie,
geschrieben Oktober '88 bis Januar '89

2. Auflage Juni 2003

Veröffentlicht im Rowohlt Taschenbuch Verlag GmbH,
Reinbek bei Hamburg, Juli 1994

Umschlaggestaltung Walter Hellmann
Illustration Gaby Bonn
Satz Aldus und Frutiger (Linotronic 500)
Gesamtherstellung Clausen & Bosse, Leck
Printed in Germany
ISBN 3 499 13435 7

für B., Dank an M. F.

Legendary Hearts
Tearing us apart
With stories of their love
their great transcendent love
While we stand here and fight
and lose another night
of legendary love.

LOU REED

I

Der Oktober ist meistens der letzte annehmbare deutsche Monat.

Bis zum April.

Ich spazierte über den Friedhof nahe beim Schlachtviertel.

Auf allen frischen Grabsteinen stand:

«EINER WENIGER.»

Dieser Oktober begann mit kaltem, dünnem Regen, legte noch geringeren Wert auf Namen und Titel als alle Oktober vor ihm. Er verhieß einen harten Winter, und ich hatte nicht das Geld, dem großen Eisschrank zu entkommen.

Der Friedhof war von drei Meter hohen Mauern umgeben, Mauern aus den gleichen roten Ziegelsteinen wie die riesigen Schlachtbauten nebenan, wo sich am Morgen Rinder und Schweine Lebewohl sagten. Kurz nach 17 Uhr wurde der Friedhof geschlossen, von einem Halbwüchsigen mit verrostetem Schlüsselbund.

Ohne Ankündigung.

Diejenigen, die dann da drinnen noch am Leben waren, mußten selber sehn, wie sie über die Mauer kamen.

Für mich kein Problem.

Ich kletterte auf das wuchtige Kreuz eines eitlen Gedenksteins, der der Mauer sehr nahe stand, und schon war ich oben. Zur Linken sah ich hektisch strömenden Verkehr, zur Rechten ein paar schußlige Omas, die wimmernd zwischen den Gräbern umherwuselten. Nicht behende genug, meinen Weg zu gehen, zu gehemmt noch, laut um Hilfe zu schreien.

Die Dunkelheit stülpte sich gierig über sie und den Friedhof, und ich glaube, sie erlebten jetzt einen Teil jener Mystik des DRINNEN und DRAUSSEN intensiver als sonst.

Einige der Gräber waren bis zu zweihundert Jahre alt, aber manche davon mit frischen Blumensträußen bestückt. Das war um so verwunderlicher, wenn man die verwitterten Namen der Toten nicht mehr entziffern konnte.

Ich saß eine ganze Weile auf der breiten Mauer und sah mir beide Seiten abwechselnd an.

Dann rutschte ich ein Stück weiter und sprang auf eine graue Kieskiste.

Ich war DRAUSSEN, auf der Seite der Täter und Opfer.

Man wechselt das Lager früh genug.

Es war fast ganz dunkel.

Trotzdem erkannte ich noch die Spuren der Flugzeuge. Sie schrieben Quadrate und Rechtecke in den fasrigen Himmel. Der Beweis, daß es noch in jeder Richtung Leben gab. Es war völlig egal, wohin man ging.

Bremsen quietschten.

Ein Autofahrer hatte sich entschlossen, mich doch nicht zu überfahren, beschimpfte mich statt dessen grob ob meiner Unvorsichtigkeit, ob meiner Nachdenklichkeit.

Friedhöfe sind gefährlich für die Gesundheit.

Ich war DRAUSSEN und schlug mich durch den Stau in Richtung Innenstadt, in das Drinnen des Draußen, hinein in den Kern des Wahnsinns.

Die Geldscheine in meiner Tasche waren nicht genug für den Süden, aber sie reichten gerade aus für den illegalen Spielclub nahe der Herzogstraße.

Wenn es einen Weg zum Süden gab, führte er über diese Adresse. Vielleicht war mein Geld nur nicht erwachsen genug für den Süden.

Man öffnete das Sichtfenster. Man erkannte mich.

Die kleinen runden Augen, die das taten, gehörten Bernd Flach.

«HAGEN! Bist auch wieder im Land?»

Er war ein gutmütiger fetter Typ, mit verkümmerten, zartgliedrigen Fingern und so was wie der Geschäftsführer hier.

Sehr ungewöhnlich.

Ich stapfte an ihm vorbei in den größten Raum der Fünfzimmerwohnung. Schlecht gelüftet, ultramarinblau tapeziert und durch zehn Zentimeter dicke Pappe schalldicht gemacht. Hier verkehrten keine reichen Zocker, hier sammelte sich eher das Kleinvieh.

Es war nur eine Frage von Wochen, bis dieser Club auffliegen würde. Zuviel billige Kundschaft. Keine Chance auf Diskretion. Zu eng.

Ein Dutzend Leute drängte sich um den Roulettekessel. Mehrere Jugoslawen spielten in einem anderen Raum eine Art Rommé. Ansonsten war hier noch Poker und Blackjack üblich.

Bernd Flach schlug mir auf die Schulter, als ich mich bückte, um aus dem Kühlschrank eine Flasche Bier zu holen.

«Du warst ja Monate nicht hier, Hagen! Was war denn los?»

Ich drehte mich um, öffnete das Bier mit einem Feuerzeug und sah mir Bernd zum zweitenmal in meinem Leben genauer an. Seine Babyhaut schimmerte im Licht der heißen 100-Watt-Lampe, man sah feine rote Risse darin. Er hatte die rundesten Ohren der Welt und einen schmalen Mund.

Er war keiner, der viel sprach, er beschränkte sich meist aufs Zuhören. Dabei gab er eine bessere Figur ab.

Einen Moment lang überlegte ich, ob ich ihm die ganze Geschichte erzählen sollte. Es handelte sich eher um die

Frage, ob ich die Geschichte überhaupt jemandem erzählen sollte. Mir waren nicht viele Zuhörer geblieben.

«Lange Geschichte», sagte ich.

«Nur zu! Ist eh nicht viel los hier!»

«Bist du sicher, daß du sie hören willst?»

«Klar, wenn sie gut ist!»

«Das weiß ich nicht so genau ...»

«Ich unterbrech dich, wenn's langweilig wird!»

Die Luft in den Spielräumen war erdrückend. Ein besoffener Türke kommentierte seine Karten mit verschiedenartigen Aufschreien.

Hier war nicht der richtige Ort, Geschichten zu erzählen, hier wurden sie höchstens gemacht, und wenn, dann waren sie meist trivial.

«Bernd, ich hab vorher noch etwas zu tun. Wir reden später!» Ich setzte mich an den Roulettetisch. Alles war jetzt egal. Die vierhundert Mark, die ich noch besaß, plazierte ich in schneller Folge auf einfache Chancen. Ein Stück auf Rot, ein Stück auf Passe, es gab nicht viel her. Ich nahm die Kolonnen, blieb auf Pari.

Bernd Flach begutachtete mein Spiel mit wachsender Sorge. Er behandelte mich wie einen Freund, und er wünschte mir aufrichtig Glück. Das machte mich nervös. Ich wechselte zu einzelnen Zahlen.

Als mir noch zwanzig Mark geblieben waren, gab ich die Träume vom Süden auf, legte den Rest in Bier an und schämte mich.

Ich hatte in Bernds Augen viel an Achtung verloren. Er ahnte, daß dies kein Spaß war, sondern mein letztes Geld, und ich verlor es wie der blutigste Anfänger.

Ich stand auf und winkte Bernd, mir in den Nebenraum zu folgen. Der war leer und ebenfalls schalldicht, und es war höchste Zeit, diese verdammte Geschichte zu erzählen.

II

Drei Monate zurück.

Die erste Juliwoche... Sie war lästig.

Überall Staub, Hitze und Langeweile. Jedes meiner Beine wog fünf Zentner... die waren schwer durch die Straßen zu wuchten. Wie ein Rollstuhlfahrer kam ich mir vor, dem ein Rad fehlt. Es blieb mir verborgen, warum sich die meisten Leute so fröhlich gaben.

Sie schleckten monströse Eistüten, die Kinder kreischten, die jungen Frauen trugen kurze Röcke und ein Sommerlächeln, schlenkerten die Hintern zur Musik der Walkmänner auf ihren Ohren.

Der Sommer düngt unsere Illusionen so gut... Ohne Geld, Frau und Ziel ist er ein hinterhältiger Winter im Tarnkleid.

Ich fühlte mich mies, einsam, unzufrieden.

Bereit, die eine Hälfte der Welt zu zerstören und die andere in blinder Anhänglichkeit zu umarmen.

Ich hockte im Gras, neben dem Kinderspielplatz auf der Münchener Freiheit, fraß ein halbes Hähnchen vom Wienerwald. Es schmeckte fasrig, hölzern, und der Eifer burgbauender Bälger wehte mir Sand auf die Mahlzeit. Alles kam zusammen. Das Gras stank nach Hundepisse, und die abgefressenen Knochen schienen mich zu fragen, ob ich den Tod auch nur eines Huhns wert war.

Ich sah mich um.

Auf massiven Holzbänken saßen einige alte Schachspieler, jeder von ihnen in Siegerpose, egal wie ihr Spiel stand. Auf den Steinblöcken daneben lachten Rotweintrinker aus wilden Bärten. Es gab auf diesem Platz auch eine erste Klasse, das teure Café, voll von gestylten Menschen, die ihre vielen Sätze lebhaft mit den Händen begleiteten.

Zwei halbwegs prominente Fernsehschauspieler taten sich besonders unangenehm hervor. Beklebt mit den Blikken der Umsitzenden, produzierten sie energische Statements, die keinen Zweifel duldeten.

Die Luft roch krank und drückte sich schwer an die Erde, wie ein besoffener Gott drohte sie mich platt zu pressen. Ich wollte nicht als böse Poesiealbumsblume enden.

In einer Telefonzelle wischte ich meine vom Huhn fettigen Finger am Hörer ab und versuchte ein paar Leute zu erreichen. Niemand gab Antwort.

Viele waren im Urlaub oder zumindest im Freien. Der Rest in der Arbeit. Es gibt immer welche, die schlimmer dran sind.

Nur auf die Zeitansage ist Verlaß.

BEIM NÄCHSTEN TON IST ES FÜNFZEHN UHR, ZWEIUNDZWANZIG MINUTEN UND ZEHN SEKUNDEN... ZWANZIG SEKUNDEN... DREISSIG ...

So ging das weiter bis zum Ende der Welt.

Wozu wollte ich das wissen? Wozu zählen Gefangene die Tage? Sobald sie das Gefühl für Zeit verloren haben, können sie jeden Morgen auf Freiheit hoffen.

Zurück zur Caféterrasse, gleich mitten hinein, das Bier war teuer, und sie beschissen einen, schenkten in 0,4-Liter-Gläsern aus, man hatte den Leuten weisgemacht, das wirke vornehm.

Ich starrte die Menschen an, einen nach dem andern, taxierte sie in zwei Kategorien – Sympathie und Verachtung, für das Dazwischen keine Lust. Zuviel Mühe. Schnell geurteilt und abgehakt. Wie im Krieg. Freund und Feind.

Dann stellt man fest: wenig Freund, sehr viel Feind und

kaum Ehr, also macht man Kompromisse, wird sanftmütig, versucht allem etwas abzugewinnen.

Eine ältere Frau beschäftigte mich.

Vor wenigen Tagen hatte ich eine sehr ähnliche Frau gesehn, in der ganz alten Version, mit demselben melancholischen Mund, der breiten Nase und den engen Augenschlitzen. Eine seltene Kombination, die man sich merkt.

Ich hatte sie im Supermarkt gesehn, am Regal für Körperpflege. Dort stand sie unschlüssig und etwas gespreizt und beugte ihren grauen Kopf zu Boden. An ihren braunbestrumpften Beinen lief Urin hinab, langsam, wie sich der erste schmelzende Schnee einen Weg durch das trockene Flußbett bahnt.

Ganz starr wartete die alte Frau ab. Kinder lachten, Mütter kamen und verboten den Kindern hinzusehn.

Ein Angestellter steckte die Hände in seinen weißen Mantel und seufzte laut.

Und die alte Frau nahm eine Rolle Klopapier aus dem Regal und wischte den Boden auf. Gründlich.

Danach trug sie die vollgesogenen, schwarz gewordenen Fetzen mit beiden Händen zur Kasse, sagte: «Einmal Klopapier!», bezahlte und ging hinaus, nahm die Fetzen mit.

Lange hatte ich gerätselt, ob diese Frau Stil besaß oder nicht. Das ist nicht leicht zu entscheiden.

Vertagt und vergessen.

Jetzt sah ich dieses Gesicht wieder ... jene Frau, die da mit dem Strohhalm im Eisbecher stocherte... Von der Ähnlichkeit her konnte das die Tochter sein... Nicht hübsch und älter als vierzig.

Ich setzte mich ihr gegenüber.

«Entschuldigen Sie die Störung... Haben Sie zufällig eine blasenschwache Mutter?»

Sie sah mich amüsiert an.

«Ist das eine Umfrage?»

Bestimmt zum erstenmal an diesem Tag lachte ich und ging ohne Erklärung weg. Zuviel Angst, dieser eine gute Moment könnte gleich wieder den Gegentreffer kassieren. Hinten reingestellt und gemauert, aufs nackte Ergebnis gespielt. Es war mir eigentlich egal, ob es da eine Mutter mit Stil gab. Hinab in die U-Bahn.

Schweiß sammelte sich auf meiner Stirn. Mein Körper schleppte mich unermüdlich durch die Stadt und schrie laut nach einer Frau. Er übertrieb. Irgendein Mensch, des Sprechens mächtig, hätte es auch getan. Natürlich – eine Frau ist etwas vielseitiger.

Ich kenne zuwenig Frauen, das ist sicher ein Fehler. Eine ist bestimmt darunter, die den Schlüssel versteckt hält zum goldenen Leben, zum Glück, Gelächter und den Saufliedern.

Ich ficke auch gern. Das kann ebenfalls ein Fehler sein.

Unter der gähnenden großen Sonne, die schwer über dem Hauptbahnhof hing, latschte ich über die Donnersberger Brücke Richtung Laim. Manchmal stehn da zwischen Tankstellen und Lagerhallen Nutten rum, aber nicht mehr viele, und schon gar nicht um diese Uhrzeit. Bis auf eine – die mußte wohl doppelte Schicht arbeiten, um für den Lebensabend genug auf die Seite zu bringen.

Sie war die häßlichste Hure auf dieser Seite des Jordan, und als ich vorbeimarschierte, nannte sie mich «Kleiner», stellte sich aufdringlich in den Weg.

«Geh, ich hab kein Geld!» sagte ich, mehr traurig als unfreundlich.

«Wir machen einen Sonderpreis!» schlug sie vor.

Ich überlegte kurz.

«Was kostet einmal Reden?» fragte ich.

«Fünfzig. Trösten zwanzig extra.»

Das schien kein angemessener Preis. Ich hatte nur dreißig bei mir und beschloß zu feilschen.

«Hast du mir auch wirklich was zu sagen für mein Geld?»

«Das mußt du schon selbst rausfinden, Kleiner...»

Ich kramte in der Hosentasche und hielt ein frischgeprägtes, glänzendes Fünfmarkstück in die Höhe.

«Vorher will ich eine Probe! Sag mir was für diese fünf Mark! EINEN guten Satz!»

Vielleicht glaubte sie, ich wolle sie lächerlich machen.

«Fick dich», schrie sie und trat mir ans Schienbein.

Wahrscheinlicher ist, daß sie eine Schwindlerin war. Ich steckte den Fünfer wieder ein und lief weiter.

«Geh doch in eine Dichterlesung!» rief sie mir haßerfüllt nach.

Da fiel mir zum erstenmal auf, um WIEVIEL das billiger ist.

«DICH MELD ICH BEIM VERBRAUCHERSCHUTZ!!» schrie ich zurück.

Pah. Was soll's. Die Alten haben Angst um ihre Pension.

Und mit dem käuflichen Sex hab ich nie Glück gehabt.

Ich erinnerte mich, als ich mit fünfzehn zum ersten- und einzigenmal in eine Peepshow gegangen war; in Berlin, eine öde Klassenfahrt, auf der ich mich nach Möglichkeit abseilte.

In dieser fremden, großen Stadt; ganz allein, mit einer Viertelliterflasche Wodka in der Tasche fühlt man sich mutig und erwachsen und verdammt unsicher. Aufgeregt betrat ich dieses Etablissement und ging mit vorgetäuscht festen Schritten schnell am Kassierer vorbei. Es war Nachmittag und nicht viel los im Laden. Der Kassierer sah nicht hin, pfiff mich nicht zurück, und ich verschwand hinter einem der roten Vorhänge.

Man mußte eine Mark einwerfen, für eine halbe Minute.

Die Zugbrücke vor dem Sichtschlitz ging hoch.

Auf der schwach beleuchteten, rotierenden Platte saß ein bleiches, dürres Mädchen und blickte mürrisch drein. Sie hatte die Beine fest an den Oberkörper gezogen, so daß man weder Brüste noch Möse sah, und sie schüttelte andauernd den Kopf, wie verständnislos. Es sah so aus, als befände sie sich im Streik. Jedenfalls war das nicht normal, soviel wußte ich aus den Erzählungen meiner älteren Freunde. Und wirklich, hinter den offenen Schlitzen gab es überall enttäuschtes Knurren und leises Lästern zu hören. Aber keiner von denen beschwerte sich laut. Sie schienen alle Angst zu haben. Ich hatte auch Angst.

Das Mädchen fixierte uns, einen nach dem andern. Sie konnte nur unsere Augen und Stirnen sehen, aber sie blickte um so intensiver, mit zusammengekniffenen Brauen.

Nacheinander kamen wir an die Reihe. Aber noch sagte sie nichts. Sie wartete noch und suchte sich dafür ausgerechnet mich aus, beim nächsten Umlauf.

«HE, DUU!» rief sie. «IST ES DAS, WAS DU WILLST?»

Sie spreizte die Beine und streckte die Arme von sich.

«Na ja...», sagte ich. «Na ja...»

«SO SIEHST DU AUS!» schrie sie wütend. Die Peepshowplatte drehte netterweise ihr Gesicht fort, und das Mädchen kauerte sich wieder zusammen. Selbst das leise Lästern war nun verstummt. Der Schlitz vor meinen Augen klappte zu.

Total belämmert wankte ich auf die Straße. Das Tageslicht schüttelte mich durch. Ich fühlte mich schlecht, fand es aber auch ungerecht, mich schlecht zu fühlen.

Seither habe ich keine Peepshow besucht. Das liegt eher daran, daß es in München nur noch langweilige Videokabinen gibt, die rotierenden Platten wurden verboten, die Rechtsradikalen haben aufgeräumt im Bahnhofsviertel.

Ich lief immer noch auf der Landsberger Straße. Man kann das sehr lange tun. Es ist eine der längsten Münchener Straßen. Der Benzingeruch von den Tankstellen stimmte mich freundlich. Benzin riech ich gern. Außerdem besaß ich noch eine Adresse. Nichts war verloren.

Ein Mensch ohne Telefon, den man immer auf gut Glück besuchen mußte. Keine Frau. Ein schwuler Mann in den vorletzten Zügen. Er hieß Richard, vierzig Jahre alt und zweimal umsonst operiert. Leberkrebs. Die Ärzte gaben ihm noch ein halbes Jahr, und sie vergaßen nicht zu erwähnen, daß sie, wie die meisten Ärzte, optimistische Naturen seien.

Richards Bekanntenkreis flockte aus. Nur ein spärlicher Rest blieb übrig. Mit dem Tod will niemand etwas zu tun haben, nicht einmal, wenn er sich gerade Richard nennt.

Ich war einer der wenigen, die hin und wieder bei ihm vorbeischauten, denn ich mochte ihn sehr, trotz der Totenschatten, die ihn verfinsterten, die sein Gesicht häßlich und verbittert färbten.

III

Als ich Richard kennenlernte, war ich siebzehn Jahre alt, schlank, geistreich und der Traum aller Homos. Manchmal fand ich es fast schade, daß ich so auf Frauen aus war – mein Leben hätte leicht und voller Hilfe sein können.

Seither hat sich vieles verändert. Die Ringe um die Augen und Hüften waren kaum mehr zu übersehen, und mein Kopf fühlte sich ziemlich dumpf an. Grauenhaft. Immer öfter kamen jene Stunden – Stunden für Geständnisse, in denen selbst die Trotzigen schweigen, in denen eine glimpfliche Niederlage fast zufriedenstellend scheint, in denen die Eitelkeit schrumpft bis aufs letzte Gramm, das die Scham beschwert. Ich litt unter Existenzangst. Ich ging keinem Beruf nach und lebte von der Sozialhilfe und vom Backgammonspiel.

Wahrscheinlich freute ich mich deshalb, Richard zu sehen. Es ging ihm noch dreckiger als mir.

Er hat nie etwas von mir erwartet und schürte nie erkennbar die Illusion, mich auf sein Ufer zu ziehn.

Er war einfach nur ein großzügiger, stiller und freundlicher Mensch, einer von denen, die einem in Zeiten schlechter Erfahrungen wie Engel vorkommen. Ich habe so viele Arschlöcher getroffen, daß nur noch ein paar «Heilige» Garanten gegen den Menschenhaß waren. Vielleicht kannte ich wirklich Heilige, aber sicherer bin ich mir, daß ich Teufel sah, lebendige, fleischerne Museen des Bösen und Gemeinen, der Lüge, der Arroganz und des Kleinmuts. Meine Heiligen ruhten deshalb in Reliquienschreinen, gezimmert aus Entschuldigungen für jede Verfehlung.

Richard machte es einem in letzter Zeit schwer, sein Schrein wies Risse auf. Engel mit abgehackten Flügeln sind kein guter Anblick. Die Krankheit hatte Richard immer mehr aus seiner Rolle gezwungen, die Demontage seiner Persönlichkeit trat ins fortgeschrittene Stadium.

Eine unbarmherzige Krankheit, die keinen Spaß verstand, die von ihrem Opfer alles haben wollte, die sich nicht mit dem Körper zufriedengab, sondern auch den Rest forderte. Was immer das ist. Eine tyrannische Krankheit, die ihm ins Hirn hämmerte: «Es hat dir nichts genützt, nett zu sein!»

Langsam glaubte Richard daran, wurde mürrisch, zynisch, schadenfroh. Er war nicht besonders willensstark, doch galt mir das noch nie als Qualitätsmerkmal.

Meistens freute er sich, wenn ich ihn besuchen kam. Ich zeigte nämlich kein Mitleid, obwohl ich welches hatte. Mitleid konnte er nicht ausstehn. Das gefiel mir.

Ich klingelte an der Gartentür.

Er besaß ein kleines, verwildertes Grundstück im Süden Pasings, voll grüner Weinflaschen und liegengelassener Komposthaufen. Ein bleichgelbes Haus, mit vielen Rissen im Mörtel und großen, verschmierten Fenstern.

Schon seine Eltern hatten da gewohnt.

Mehrmals war mir diese entsetzliche Geschichte reingepreßt worden, wie eines späten Abends die fette Tante Olga schreiend ins Kinderzimmer stürmte und Richard ins Krankenhaus schleppte. Dort mußte er sich die halbzerfetzten, zuckenden Körper seiner Elternteile noch mal im letzten Rest Leben betrachten.

Sein Vater war Alkoholiker gewesen und nach einer dieser gestelzten Wirtschaftswunderpartys an den Baum gerast.

Sobald Richard alt genug dazu war, wurde auch er Alkoholiker. Er hat seinen Vater sehr verehrt. Aber eine Frau nahm er sich nicht. Das, so sagte er immer wieder, habe ihm an seinem Vater mißfallen, daß er einen andern Menschen in den Tod fuhr.

Nein, man kann nicht sagen, daß Richard sehr logisch dachte.

Ich öffnete die abgeblätterte Gartenpforte, erleichtert über den Summton.

Verschiedene Unkräuter waren durch den Kiesweg gebrochen und wucherten im Licht, ein kraftvolles Bild, das mich immer wieder mit Begeisterung erfüllt.

Richard humpelte aus der Haustür, sah mich kurz an und ging wieder hinein.

Ein schlanker, hochgewachsener Mann von natürlicher Bräune, der selbst vermutete, ein Sechzehntelneger zu sein. Es gab da eine Ururgroßmutter, die sei nach Südafrika ausgewandert und schwanger heimgekehrt und habe Selbstmord begangen, sobald ihr Kind auf der Welt war. Nie wurde in der Familie weiter darüber geredet. Das spreche doch für sich, meinte Richard.

Ich betrat den düsteren, spinnwebenverzierten Hausflur. Überall auf dem Linoleumboden standen Flaschen. Vorzugsweise griechischer Wein, Retsina und Demestica.

Ich mochte dieses Haus. Es war angenehm kühl in diesem Flur, und es roch nach verfaulten Blumen.

Richard war von Beruf Grafiker, sehr talentiert, aber nicht ehrgeizig. Als die Ärzte zum erstenmal seine Krankheit diagnostizierten, hörte er mit der Arbeit auf, am nächsten Tag schon. Obwohl die Ärzte, wie gesagt, sehr optimistisch waren. So optimistisch, daß man noch nach einer Amputation gutgelaunt aus dem Krankenhaus spaziert wäre. Behauptete Richard. Er war auf Ärzte nicht gut zu sprechen.

Ich ging zuerst einmal aufs Klo. In der Schüssel lag Erbrochenes. Man erkannte rote Paprikastreifen darin. Wahrscheinlich war Richard nicht in bester Stimmung.

Ich fand ihn im kahlen Wohnzimmer, dessen Einrichtung aus einem breiten Sofa und einem Fernseher bestand. Die Wände waren untapeziert, und der Stein hatte eine gelbliche Färbung angenommen. In der Mitte des Raumes lag ein zersplitterter Kronleuchter. Aus der Decke hingen zerfaserte Drähte. Man meint vielleicht, ich würde übertreiben, aber der Kronleuchter lag wirklich da, und er tat das aus ästhetischen Gründen. Nirgends konnte dieser Kronleuchter besser aussehn.

Richard saß auf dem Sofa, mit einem Glas in der Hand.

«Du bist lang nicht hier gewesen!» sagte er vorwurfsvoll.

«Zwei Wochen.»

«In meinem Zustand seh ich zwei Wochen etwas anders...»

«Du willst also auf die Schnelle noch was nachholen...»

«Genau. Ich bin ja nur ein Durchschnittsmensch! Und du gehst mir auf die Nerven! Ich kann keine Jungen mehr sehen!»

«Jungen? Ich bin fünfundzwanzig...»

Richard grinste.

«Ich verstehe sie jetzt, die alten Omas, die uns im Bus immer die Sitzplätze wegnehmen, auch wenn wir zur Arbeit und sie nur auf den Friedhof fahren. Ich sehe jetzt diese ganzen kleinen Symptome ihrer Rache und ihrer Ohnmacht...»

Ich kümmerte mich nicht um sein Gerede und nahm mir die Retsinaflasche. Wie ich dieses Zeug liebte. Kann einem die schlimmsten Tage retten. Da ist Erde drin, Kraft.

Und Richard fragte: «Verdammt, Hagen, sag mir doch mal ganz ehrlich, warum du immer noch hierherkommst!»

«Oh, ich seh gern etwas sterben. Man sieht es dabei um so deutlicher leben...»

«SOSO!!»

«Du wirst ja richtig grantig über deinem Ableben! Daß du einmal stirbst, wußtest du doch schon als Kind, oder nicht?»

«Ja... Du hast ja recht... Ich weiß, was du sagen willst... Ich bin fast schon so ein Arsch wie du. Ich kenn mich bald selbst nicht mehr. Dabei hat die Sache auch ihr Gutes... Ich hab mich nie alt gefühlt. Vierzig ist da so eine Grenze, glaub ich...»

Er zog mit seinen Augäpfeln einen großen Kreis und wiegte abschätzend den Kopf. Plötzlich krümmte er sich.

Die Schmerzen kamen wieder.

Bewegungslos und leise saß ich neben ihm. In so einem Moment sagt man besser nichts.

Fünf Minuten später war der Anfall vorbei, Richard keuchte und schüttelte sich, schnaufte zufrieden auf.

Die Ärzte hatten ihm gegen die schlimmsten Schmerzen Drogen verschrieben. Keine schweren Drogen. Die Ärzte waren optimistisch. Doch Richard nahm sie nie. Angeblich vertrugen sie sich schlecht mit dem Wein. Er würde sie erst nehmen, wenn er dazu gezwungen wäre. Bis dahin schenkte er sie mir, und ich verscherbelte sie an Freunde.

«Ich war gestern einkaufen!» flüsterte er. «Jetzt ist genug Wein da bis zum Winter. Da ist mir klargeworden, daß ich im Winter sterbe. Verdammt unangenehm... Jetzt, wo es so heiß ist, scheint der Winter weit, weit weg, man kann sich gar nicht recht erinnern, vor ein paar Monaten gefroren zu haben. Mir geht das so. Und tatsächlich, manchmal glaube ich, daß ich ohne diese Krankheit kaum länger gelebt hätte, verstehst du?»

«Hmm.» Der Retsina schmeckte gut.

«Wenn man den Tag wirklich BEOBACHTET, wird er lang und länger, und es ist im Endeffekt genausoviel Zeit wie zehn oder zwanzig Jahre. Das klingt altklug, ich weiß. Schrecklich klingt das, eingebildet. Aber daß ich im Winter sterben soll, paßt mir nicht!»

Er schüttelte den Kopf, mehr wütend als verzweifelt.

«Bring dich doch im Herbst um», schlug ich vor.

«Ja, natürlich, daran hab ich auch schon gedacht. Am letzten schönen Herbsttag. Bloß, woher weiß man, wann der ist?»

Ich wurde ziemlich traurig bei diesen Worten. Nie hatte er vorher soviel über sein Ende gesprochen. Der Wein nahm einen melancholischen Geschmack an. Ich beschloß, Richard nicht mehr so oft zu besuchen.

Bei meinem Umgang kommt es etwas häufiger vor, daß Bekannte sterben, manchmal auch Freunde. Sie springen vom achten Stock (drunter tun sie's nicht, denn ich habe nur kluge Freunde), sie geben sich eine Spritze zuviel oder haben Verkehrsunfälle am frühen Morgen.

Aber keiner von ihnen war vorher jemals unheilbar krank gewesen. Jedesmal war der Abgang kurz und präzise, ein wuchtiger Schock, der langsam abebbte, und bei den Besten von ihnen sahen die Straßen danach drei Tage lang leer aus, egal wie viele Wägen und Menschen darauf vorbeirauschten.

Diesmal war es genau andersherum. Es wurde immer quälender. Ich glaubte, mit Richards Tod würde die Trauer um ihn schlagartig vorbei sein.

Seine Wangen traten den Weg nach innen an. Seine Haut war mit jedem Besuch unregelmäßiger gefärbt.

Schwule legen meist größeren Wert auf ihr Aussehen.

«SCHEISSE!» rief er, «UND ICH HAB SO EINE ANGST VOR AIDS GEHABT! AB JETZT FICK ICH NUR NOCH OHNE KONDOM, JAWOLL!»

Er fand zu seinem Humor zurück. Es gehört viel Humor dazu, so was zu sagen. Denn er würde wohl überhaupt nie mehr ficken.

Für den Moment schien mir die Stimmung unrettbar übel. Ich überlegte, ob ich nicht besser gehen sollte.

Richard wurde auch ganz stumm.

Ab und zu öffnete er seinen Mund und schloß ihn wieder – wie ein Karpfen. Jedesmal sah es so aus, als würde ihm ein Laut auskommen. Die Hoffnung trog.

Ich erhob mich, hinterließ eine faltige Kuhle im durchgesessenen Sofa. Meine Hand bewegte sich in einer kurzen Abschiedsgeste. Das machte ihm sichtbar angst.

«Bleib hier!»

«Nur wenn du redest. Und nicht so ein Zeug!»

«Warum willst du heute soviel reden? Sitzt doch sonst so rum und begnügst dich mit Trinken!»

«Ich weiß nicht. Die Hitze macht mich geschwätzig. Seltsam!»

«Über was willst du denn reden?»

«Na ja, ich hab auch so meine Probleme ...»

«Probleme? Du hast Probleme? Nicht im Ernst... Was für Probleme?»

«Zum Beispiel hab ich keine Frau ...»

«ICH AUCH NICHT!» brüllte er plötzlich gutgelaunt los. «NA UND? DAS WAR FÜR MICH NOCH NIE EIN PROBLEM!»

Er schlug sich vor Lachen auf die Schenkel, und es hörte sich an, als würden die dabei zu Bruch gehn. Es krachte richtig. Er wurde geradezu hysterisch. Ließ sich auf den Boden fallen und wälzte sich. Dabei langte er mir ans Bein. Nur für einen kurzen Moment.

«Mensch, Hagen, stell dir vor, ich kenne dich jetzt acht Jahre und hab noch nie deinen Schwanz gesehn...»

«Na und? War für mich noch nie ein Problem...»

Wieder lachte er. Seine Kehle gab dabei würgende Geräusche von sich.

«Ich zeig ihn dir irgendwann im Krankenhaus!» sagte ich.

«Im KRANKENHAUS?»

«Na ja, bevor du den Löffel abgibst...»

«Ich geh nicht ins Krankenhaus!» flüsterte er. «Niemals geh ich dahin!»

Er griff sich den Wein und stürzte ihn gierig hinab.

Nein, diese Redensart war Richard nicht angemessen.

Richard würde zwar schnell den Löffel, aber nicht so leicht die Flasche abgeben. Jeder Schluck vergrößerte seine Schmerzen und glich das mit der Betäubung seines Hirns aus. Er ließ sich zurück auf das Sofa fallen und zündete eine Zigarette an. Er rauchte erst seit kurzem. Hatte immer Angst vor Lungenkrebs gehabt. Zweimal auf das falsche Organ gesetzt. Ein Pechspieler.

Jetzt rollte er mit den Augen und trommelte mit den Fingern zu irgendeinem Lied in seinem Kopf.

Es wurde unheimlich.

Die meisten Menschen ziehen es bekanntlich vor, unspektakulär über den Styx zu setzen. Wahrscheinlich liegen sie völlig richtig damit. Ich mag die Windmacherei der Toten und ihrer Lehrlinge nicht.

Richard stand auf, ging zum Fenster und lachte. Die Sonne schien zwischen seinen Kiefern durch und füllte seinen Schädel mit Licht.

«Ich glaube, im Alter muß man zum Mörder werden, um im Gespräch zu bleiben...»

Richard hatte man noch nie angesehn, daß er schwul war, ich meine, er war keine Schwuchtel mit Fistelstimme und gespreiztem kleinen Finger. Jetzt aber, mit dem Schwall von Licht, das seine Haut zum Schimmern brachte, sah er sogar aus wie ein verhärmter, sehniger, uralter Jäger mit Trophäenstolz in den Augen.

Wir standen eine Weile einander zugewandt und betrachteten uns. Keiner sagte ein Wort.

Ich glaube nicht an Gott, aber ich glaube an den Menschen. Das kann durchaus die größere Illusion sein.

Richard erstarrte, wirkte wie ausgestopft, und ich dachte einen Moment lang, es wäre schön, wenn er so stirbt, im Stehen, voll Licht und Glut.

Über den Boden krabbelte ein großer Käfer. Sein schwarzer Panzer glänzte. Ich begrub ihn unter meinem Schuh.

«DU BIST EIN DUMMER NICHTSNUTZ, HAGEN!»

«Wieso? Wegen dem Käfer?»

«WAS FÜR EIN KÄFER? RED KEINEN UNSINN! DU HÄTTEST LÄNGST DRAUF KOMMEN KÖNNEN!»

«Auf was denn?»

«DU BIST DOCH EIN WELTGEWANDTER SCHNORRER, HAGEN! WARUM HAST DU NICHT FRÜHER DIESE IDEE GEHABT?»

«Ja, von was redest du denn?»

«WIR VERREISEN!» Er klatschte in die Hände. Ein ziemlich knochiges Geräusch. «Ich hab noch zwanzigtausend Mark zu verpulvern! Davon machen wir eine Reise, dorthin, wo ich niemals im Winter sterben kann!»

«Klingt gut!»

Ganz aufgeregt tänzelte Richard von Wand zu Wand.

«Stimmt, ich kann machen, was ich will! Wir können

nach Rom fahren und den Papst umbringen! Wir brennen den ganzen Vatikan nieder!»

«Oje. Warum denn?»

«WARUM NICHT?»

«Schrei bitte nicht so laut herum... und keinen so albernen Quatsch!»

«Also gut, war ja bloß Spaß... Ich bring doch im Juli keinen Papst um! Die Hitze wär nicht zu ertragen in Rom!»

Er schien zu überlegen.

«Wir fahren irgendwohin! Warm muß es sein, aber nicht zu warm! Und das Meer muß vor Ort sein! Du kommst doch mit, nicht wahr?»

Meine Hoffnung, daß er die Idee mit der Reise grundsätzlich ernst meinte, stieg, und damit meine Laune.

Die Depression, auf ihrem Höhepunkt angekommen, fiel in sich zusammen, implodierte in tausend farbigen Lustbarkeiten.

Das Wunder war da. Pünktlich und unerwartet.

«Sicher komme ich mit... Aber wohin?»

«Ist egal. Von mir aus nach China, oder Australien, Argentinien, ist mir ganz egal... Die Karibik zum Beispiel... Guadeloupe... Jamaika? Warst du da schon mal?»

Er hielt inne und schien sich an etwas zu erinnern.

Währenddessen meldeten sich Zweifel in mir, Einwände. Sie kreisten um Tod, Blut und Kotze und Putzfrauen, die in fremder Sprache schimpften. Um Schmerzen und Geschrei, Röcheln und Würgen. Wenn wir diese Reise machen sollten, würde ich bei ihm sein, bis er starb. Kein angenehmer Gedanke. Ich drücke mich gern vor solchen Freundschaftspflichten... bin eben ein Arschloch in gewissen Dingen.

Richard begann von Guadeloupe zu schwärmen, vom bunten Dreck und den wilden Hunden, vom erloschenen

Vulkan und von willigen Negerknaben... die so eine weiche Haut haben...

Er überlegte, ob wir mit dem Schiff oder mit dem Flugzeug... lieber mit dem Flugzeug, Schiff ist verlorene Zeit, Ozean pur ist langweilig... Er ging, um seinen Koffer zu holen... Ich hielt ihn zurück.

«He, so einfach geht das nicht! Denk dran, daß deine Verfassung sich immer mehr ÄNDERT!»

«Na und? Was kümmert dich das?»

«Ich werde bei dir sein, bis...» Zum erstenmal wagte ich es nicht, den Satz zu Ende zu sprechen. Ich nahm Rücksicht. Das gefiel ihm nicht.

«BIS ICH VERRECKE! SPRICH'S NUR AUS!»

«Na ja, ich habe einen ziemlich leichten Schlaf... Schreist du in der Nacht?»

«Wir können ja getrennte Zimmer nehmen. Ich werd dich nicht sehr stören!»

«Hast du wenigstens noch genug von diesen Pillen... wenn es hart wird?»

«Die hab ich doch alle dir gegeben.»

«Dann laß dir neue verschreiben. Ein paar Vorratspakkungen...»

«Ach was!» sagte er mürrisch, aber ich sah die Angst aufflackern in seinen Augen, Angst vor Schmerzen, die er noch nicht kannte, und nach einigem Hin und Her sagte er zu. Wir beredeten noch einige Kleinigkeiten. Richards Entscheidung, nach Guadeloupe zu fahren, war inzwischen verhärtet, auch wenn das dortige Klima vielleicht nicht ganz seinen Wünschen entsprach. Wir verabredeten uns für den nächsten Tag bei seinem Arzt, danach sollte es zur Apotheke und zum Flughafen gehn. Er wollte einen Linienflug nach New York nehmen. Das war ein kleiner Umweg, aber es ersparte die Zugfahrt nach Frankfurt. Er mochte keine Züge. Von München aber war der nächste Anschluß New York.

Als ich über den Kiesweg Richtung Straße ging, war es noch hell, und ich tänzelte.

So war es immer in meinem Leben gewesen – wenn ich dachte, es geht überhaupt nicht mehr weiter, kam irgendein nettes Wunder und klopfte mir auf die Schulter. Deshalb bin ich bis heute ein Optimist geblieben und kann Zyniker herablassend ansehn.

IV

Als ich am nächsten Morgen erwachte, auf meinem schmierigen, verschwitzten Laken, hörte ich ein aufgeregtes Klopfen an der Tür. Richard hatte nicht warten können. In vehementem Reisefieber schmiß er mich aus dem Bett und hatte sogar etwas dagegen, daß ich begann, Kaffee zu kochen.

Ich wies ihn mit einigen übertrieben harten Worten zurecht. Beleidigt kauerte er sich in den Sperrmüllsessel und sah mir zu, hektisch und vorwurfsvoll klebte er seinen Blick auf mich. Ich ließ mir Zeit.

Die halbe Nacht war ich wach gelegen und hatte eine Liste durchdacht von den Dingen, die man für solch eine Reise benötigt. Jetzt erinnerte ich mich nicht mehr daran und stopfte nur das Notwendige in meinen kleinen Bastkoffer, der ebenfalls vom Sperrmüll stammte. Schließlich hatte Richard Geld bei sich – man mußte nicht auf jede Kleinigkeit achtgeben. Beunruhigt sah ich in meinem Reisepaß nach. Ein siebzehnjähriges, schüchtern lächelndes Gesicht, das einmal mir gehörte. Im Februar verlor es seine Gültigkeit.

Noch also nahm man mir die Identität mit diesem naiven, hoffnungsfrohen Jüngling ab. Bis Februar, wenn man Ärzten glauben kann, war Richard sicher tot; demnach kein Grund zur Besorgnis. Ich klingelte bei meiner Vermieterin und gab ihr die Schlüssel für den Briefkasten. Es gab keine Blumen, die gegossen, und keinen Hund, der gefüttert werden mußte. Auch wenig Freunde, die zu benachrichtigen waren. Niemand brauchte mich. Ich war ein freier Mann.

Richard bestellte ein Taxi und gebot dem Fahrer Eile, seine Hände zuckten wie verspielte Peitschen, und er rieb die Knie aneinander. Wir hatten einen Termin bei seinem Arzt.

Die Sprechstundenhilfe war ziemlich erstaunt, als sie uns mit Gepäck eintreten sah, das wir im Flur abstellten.

«Es dauert noch einen Moment!» sprach sie stereotyp freundlich. «Nehmen Sie doch solange im Wartezimmer Platz!»

«Sagen Sie diesem KURPFUSCHER, er soll sich BEEILEN und bloß keine GRÜNDLICHKEIT vortäuschen!» schimpfte Richard der jungen, hübschen Frau nach, die erschrocken hinter einer Tür verschwand. Richard gefiel sich in seiner neuen Rolle. Mir war er vorher lieber gewesen.

Wir betraten den engen Raum. Voll besetzt. Nur ein Platz war noch frei. Richard klemmte ihn sich mit dem Privileg des Kranken. Für mich blieb die Fensterbank.

Viele alte Frauen saßen uns gegenüber, zwischen ihnen ein kräftig gebauter Arbeiter im blauen Overall, der fortwährend auf seine klumpigen Hände blickte, das Schwarze unter den Nägeln hervorpulte und ein wenig Spucke auf tausend winzigen Wunden verrieb. Solche Risse lassen mich immer an das Wort «Unschuld» denken. Ich glaube, die Unschuld ist dumm.

Nach etwa zwanzig Minuten lugte die schöne Sprechstundenhilfe mit ihren vollen schwarzen Haaren herein, nannte einen Namen.

Eine der Vetteln erhob sich mühsam und schlurfte hinaus.

Richard wurde ungeduldig.

«Sag bloß, die kommen alle vor uns dran?»

«Sieht so aus», antwortete ich gleichmütig. Ich hatte Zeit. Hin und wieder schöne schwarze Haare, das genügte mir. Andauernd verliebte ich mich.

Als nächstes rief man den Arbeiter auf.

Richard zündete sich eine Zigarette an.

Sofort erhob sich wildes Wehgeschrei der Kriegerwitwen, ihre dürren Finger wedelten drohend in der Luft, faltige schlaffe Hälse strafften sich. Richard ließ sich dadurch nicht stören. Schließlich stand eine der Greisinnen auf und sagte es ihm aus einer Entfernung von zehn Zentimetern, mit gelben Zähnen, die auf Rot schalteten.

«RAUCHEN IST HIER DRIN VERBOTEN!»

Richard, der Ex-Schüchterne, der stille Unauffällige, er lehnte sich herausfordernd zurück und erklärte: «Meine Dame, das gilt nicht für die Todgeweihten. Die dürfen immer und überall rauchen, sogar vor dem Exekutionskommando. Darf ich Ihnen eine anbieten?»

Ich glaube, die Oma verstand das Unverschämte des Angebots nicht; sie lehnte ab, mit jener vorsichtigen Höflichkeit, die aus Verwirrung und Unsicherheit geboren wird. Sie setzte sich wieder und schwieg. Omas bestehen meist auf ihrem angeblichen Recht, fühlen sich unangreifbar, vertrauen auf Konventionen und sind leicht beleidigt. So gesehen, war dieses Exemplar bemerkenswert zurückhaltend. Wahrscheinlich war es ihr im Grunde völlig egal, ob Richard rauchte oder nicht. Sie hatte nur erfüllt, was sie für ihre Pflicht hielt, und war's zufrieden. Die anderen Weiber aber hatten endlich einen Anlaß, ins Gespräch zu kommen. Gleich gründeten sie eine Interessengemeinschaft und benannten eine Abgeordnete, die hinausging, um sich zu beschweren. Die junge Frau im weißen Kittel wirkte verschüchtert, als sie eintrat und Richard leise bat, die Zigarette zu löschen. Der aber weigerte sich und wurde langsam kindisch.

«PASST BLOSS AUF, IHR ALTEN SCHACHTELN, SONST BEISS ICH EUCH! ICH HAB NÄMLICH AIDS!!»

Die Interessengemeinschaft sah sich vieldeutig an und rückte enger zusammen.

Die langen schwarzen Haare der Sprechstundenhilfe strahlten im Licht. Sie beendete die peinliche Situation sehr diplomatisch. «Kommen Sie, Sie sind dran!»

Richard warf mir einen triumphierenden Blick zu. Es gab keinen Protest.

Im Flur begegneten wir dem Arbeiter, der sehr glücklich aussah. «Krank geschrieben?» fragte ich.

«EINE WOCHE!» antwortete er und grinste von Ohr zu Ohr.

Ich freute mich ehrlich mit ihm. Seine Glückseligkeit steckte an, der bittere Nachgeschmack blieb erträglich.

Die Sprechstundenhilfe hielt uns eine Tür auf.

Der Doktor sah hoch und winkte uns herein.

Wie ich aus Richards Erzählungen wußte, war dieser Mensch zum großen Teil an seiner voraussichtlichen Todesart schuld. Während mehrerer Visiten hatte er versucht, Richard zum Besuch der Anonymen Alkoholiker zu überreden, statt die Frühsymptome ernst zu nehmen. Zu seiner Entschuldigung muß man aber auch sagen, daß jene Frühsymptome kaum wahrnehmbar sind und daß man hinterher nicht mehr viel machen kann.

Er war ein kleiner, gedrungener Mann mit Vollbart und schien überrascht, Richard noch einmal zu sehen. Mißtrauisch beäugte er auch mich.

«Na, was gibt's?» fragte er, und es klang wie «Gibt's noch was?» oder «Immer noch hier?»

Richard beherrschte sich.

«Es geht um diese Pillen. Ich brauch welche. Und wenn möglich, etwas Stärkeres. Man kann nie wissen.»

«Natürlich. Ich kann Ihnen das Rezept monatlich mit der Post schicken, dann brauchen Sie sich künftig nicht extra herzubemühen...»

«Darum geht's nicht. Ich will den ganzen Stoff auf einmal! Alles, was man so zum Sterben braucht!»

Der Doktor stand auf und spazierte im Zimmer herum. «Wozu das?» fragte er bartkratzend und kopfwiegend.

«Wir machen eine Reise!» erklärte Richard.

«Eine Reise? In IHREM ZUSTAND?»

Richard hielt sich mit Gewalt zurück. Zwar schoß ihm die Zornesröte ins Gesicht, und das Zittern nahm zu, das ihn mit Betreten des Zimmers befallen hatte. Aber ihm kam kein Wort aus. Dennoch bemerkte selbst dieser Arzt seine Erregung und wurde etwas vorsichtiger. Umständlich setzte er sich auf den Tisch, ließ so einige Zeit verstreichen, bevor er wieder etwas sagte. «Eine Reise... Und Sie sind sicher, daß Sie sich nicht umbringen wollen?»

Richard glotzte ihn an.

«Verstehen Sie mich bitte richtig...», fuhr der Arzt fort. «Normalerweise darf ich Ihnen dieses Medikament nicht aushändigen, nicht in dieser Menge... Allerdings haben wir hier natürlich eine Ausnahmesituation... Man kann das vertreten... Aber...» Er druckste ein wenig herum. «Falls Sie Suizidgedanken haben... Verstehen Sie? Man wird fragen, welcher Arzt Ihnen die Möglichkeit gegeben hat... Das kann schlimme Konsequenzen für mich haben...»

«Ich bringe mich nicht um!» sagte Richard bestimmt.

«Versprechen Sie mir nichts... In IHREM ZUSTAND, da denkt man irgendwann an Selbstmord, ich will Ihnen das nicht wünschen... Ich würde Sie aber gerne um etwas bitten... Nehmen Sie dazu nicht meine Pillen...»

Richards Zittern ebbte ab. Er begann zu lächeln, er zwinkerte kurz zu mir herüber. «Ja», sagte er, ein leises, gleichmütiges Ja. In der Retrospektive gewinnt es an Bedeutung. In jenem Moment hat er, wie mir scheint, mehr in sich besiegt als nur den Zorn über einen lächerlichen, arroganten Weißkittel. Und der Doktor schrieb das Rezept aus. Beiläufig fragte er, wohin die Reise denn gehen solle.

«Karibik.»

«Na», schmunzelte der Arzt und hielt Richard die Hand hin. «Dann sehen wir uns heute wohl zum letztenmal!»

Richard streckte ebenfalls die Hand aus – nach dem Rezept. Sobald er es gegriffen hatte, ging er wortlos hinaus.

Der Doktor seufzte überheblich hinterher, perplex von soviel Anmaßung, aber voll gütig-väterlichem Verständnis. Es fehlte nicht viel, und ich hätte ihm ins Gesicht gespuckt. Das letzte, was ich von ihm sah – daß er sich erleichtert in seinen wuchtigen, gepolsterten Bürosessel fallen ließ.

Wir nahmen ein neues Taxi und klapperten Apotheken ab, bis sich eine fand, die die verschriebene Menge vorrätig hatte. Danach ging es zum amerikanischen Konsulat. Wir brauchten Visa. Glücklicherweise mußten wir nur etwas über eine Stunde warten. Der Reise stand nun wirklich nicht mehr viel im Weg. Richard war nämlich schon auf der Bank gewesen. Stolz zeigte er im Taxi den kleinen Aktenkoffer voller Scheinchen.

Als wir am Flughafen Riem ankamen, betrug die Taxirechnung dreißig Mark, und Richard gab zwanzig als Trinkgeld dazu. Die Fahrer der vorherigen Taxis hatten nichts bekommen. Das Pathos der letzten deutschen Taxifahrt. Pathos ist ungerecht.

Noch eine halbe Stunde bis zu unserem Flug.

Richard ging zum Schalter der Lufthansa, öffnete selbstbewußt den Geldkoffer.

Als er wiederkam, ließ er einen Satz über die unverschämten Preise für Linienflüge fallen, erwähnte dabei, daß er für mich hin und zurück – für sich selbst aber nur einfach gebucht hatte. Ich sagte artig danke. Wir kauften noch ein paar Flaschen Wein und marschierten durch die Abfertigung, wurden durchleuchtet und nach Waffen abgetatscht.

Richards Schritte wurden sentimental langsam, aber das konnten wir uns eigentlich nicht leisten. Man drängte zur Eile. Für einen Moment sah es so aus, als hätte Richard Angst. Um 18.15 Uhr MEZ hoben wir schweigend ab.

V

Schwerfällig und erhaben verließ der Jumbo den Luftraum Münchens, Richard preßte seine Nase ans Fenster und inhalierte das Panorama. Er starb wieder ein bißchen und kam darüber ins Schwärmen.

«Mensch, Hagen, jede zweite Sache mach ich jetzt zum letztenmal, das ist ein Gefühl... meine Geburtsstadt... na ja – ich hab sie ja nie so sehr gemocht...»

Über seine Schulter gebeugt, sah ich hinunter. Liebe Stadt, dachte ich zu ihr hinab, ich komme wieder... Da freust du dich, was? Aber ich sollte mal zur Krebsvorsorge gehn...

Der Himmel gähnte himmelblau und schamlos. Zu beiden Seiten der Tragflächen stürzte Licht vorbei – Milliarden Parasiten suhlten sich darin. Nur unser Flugzeug brachte flüchtigen Schatten über das Land. Es brummte gleichmütig durch die blaue Wüste und wirkte irgendwie endgültig. Ein moderner Charon aus Stahl. Wenn die alten Griechen recht hätten und es den Styx wirklich gäbe, ich glaube, ich müßte schwarz den Fluß durchkraulen. Woher sollte ich ein Goldstück für den Fährmann nehmen?

Und Richard erzählte lang zurückliegende Geschichten, die von der Patina der Verklärung beschmutzt waren. Sie verloren dadurch nicht unbedingt an Spannung – aber ihre Worte klangen gewählt, aus langjähriger Erfahrung und oftmaliger Wiederholung gewonnen. Manchmal kippte es in peinliche Altersweisheit um. Ansonsten hörte es sich krankhaft nüchtern an.

Die Stewardessen schauten scheel, als ich um einen Korkenzieher bat. Es stellte sich heraus, daß es an Bord nur einen einzigen Korkenzieher gab, den wir nach Benutzung gleich zurückgeben mußten. So wurde das unser vorläufiger Schlachtruf: «FRÄULEIN, WIR BRAUCHEN IHN SCHON WIEDER!»

Mit der Zeit wurde er von vereinzeltem Gelächter begleitet.

Wir waren in diesem unsympathischen Linienluftschiff die einzigen Männer, die keinen Anzug trugen.

Richard erzählte von seiner Fünfziger-Jahre-Kindheit, von den Kriegserlebnissen seines Vaters, von der gewesenen Schönheit seiner Mutter, von diversen Schulstreichen und infantilen APO-Zeiten.

«Hast du eigentlich gewußt, daß ich Andreas Baader kannte, und Fritz Teufel? Mit denen bin ich oft trinken gegangen! Bis sie dann abtauchten und ich dahinterkam, daß der Marxismus nur das letzte Stadium bourgeoisen Denkens ist. Ich meine...»

Mit einem Wort, er erzählte lauter Dinge, die niemanden interessierten. Später gab es einen Bordfilm.

Es war nämlich dunkel geworden, und ich hatte im ganzen Flugzeug keine schöne Frau entdecken können.

Richard kaufte zwei Kopfhörer, obwohl er den Film kannte und nichts von ihm hielt. Eine öde alte Kriegsklamotte, voll von diesem harmlosen, halbwitzigen Zynismus, den man einem Hollywoodpublikum gerade noch zumuten kann.

Und Richard ereiferte sich in mehr oder weniger guten Verbesserungsvorschlägen, stieß mir mehrmals seinen spitzen Ellbogen in den Bauch, lüftete meinen Kopfhörer und brüllte hinein: «Hier zum Beispiel, da fahren diese Sanis den Krankenwagen und nichts weiter... Ich frag dich – warum biegen sie nicht in eine Straße mit Kopfsteinpflaster ein, verstehst du? Rattatattatat, und der rote Saft prasselt schubweise an die Milchglasfenster, welche Farben! BLUT-GRAU! Und dazu ein hysterisches Gelächter von Donald Sutherland! DAS IST KRIEG! Übrigens... Ich war ja nie beim Militär, bin billig weggekommen, hab ich dir das eigentlich schon erzählt – bei der Musterung – damals – da hab ich so rein zufällig angegeben, homosexuell zu sein. DAS WAR EIN SKANDAL!! Die haben mich glatt ohne weitere Fragen als untauglich eingestuft. Das überraschte mich... Die meinten wohl, ich könne dem Feind statt dem Bajonett meinen Schwanz in den Arsch rammen! Die hielten das für keine wirksame Waffe.»

Das ganze Flugzeug hörte zu.

«Richard, wahrscheinlich gibt es in Vietnam keine Kopfsteinpflaster...»

«Aber das ist doch egal, das ist doch FILM! Herrgott noch mal! Oder willst du behaupten, es gibt im KRIEG kein Kopfsteinpflaster?»

«Nein, nein.»

«Na also!»

Richard war einer der Menschen, die Logik als Langeweile abtun und trotzdem eng bei der Wahrheit bleiben. Das mochte ich.

Und Richard rief laut: «FRÄULEIN, WIR BRAUCHEN IHN SCHON WIEDER!»

«Halt's Maul, es ist nichts mehr da.»

«Hast du denn alles ausgetrunken?»

«WIR, Richard. Du hast so schnell und viel geredet, daß dir das meiste auf der Zunge verdampft ist.»

Mit einem komischen Schmollmund drückte er sich tief in den Sessel und verschränkte die Arme. Die Stewardeß kam, mit dem Korkenzieher bewaffnet. Sie hatte sich an uns gewöhnt. Sie hielt die Mundwinkel jetzt waagrecht. Trotzdem keine sympathische Person. Ich mag keine Rothaarigen. Ich fragte, ob sie Flaschen verkaufen würde.

«Tut mir leid, aber wir schenken nur in Bechern aus.»

«Na gut, bringen Sie uns zwei!»

Sichtlich zufrieden ging sie weg. Es dauerte fast zehn Minuten, bis sie uns die durchsichtigen Plastikbecher auf die eingebauten Tabletts unserer Plätze stellte.

«MOOOMENT!» sagte ich mit einem Zwinkern, das Richard galt. Er verstand. Ein kluger Mann. Wir kippten das Zeug in einem Zug runter. «Zwei Neue!» Die Stewardeß zog diesmal unzufrieden ab. Ich hatte Lust, sie zu quälen.

Als sie mit neuen Bechern anrückte, wiederholte sich das Spiel. Runter damit, bis die Kehlen blockierten und ein wenig übers Hemd lief. Wir waren in Form. Der Rhythmus stimmte. Die Könige über dem Ozean. Wir hatten nichts zu verlieren und es nicht nötig, irgendeines Menschen Beifall zu erhaschen. Niemand konnte uns etwas anhaben. Die rote Stewardeß schien das zu spüren. Schon beim vierten Anlauf gab sie auf.

«Okay, ich bring Ihnen eine Flasche! Sind Sie jetzt zufrieden, ja?»

Wäre ich wirklich gemein gewesen, hätte ich abgelehnt und sie weiter laufen lassen. Die meisten der Passagiere schliefen nämlich, und das Bordpersonal hatte seine Ruhe. So aber sagte ich mir, daß ich ein annehmbarer Mensch sei, und der Stewardeß: «ZWEI Flaschen!»

Das war reine Angabe. Wir waren schon fast lila.

Richard mußte andauernd aufstoßen, ein Klumpen saurer Galle hüpfte ihm auf die Zunge, und er spuckte ihn in sein Taschentuch. Stechender Geruch stieg bei jeder dieser kleinen Revolten hoch. Und die Stewardeß brachte zwei Pullen, von denen wir eigentlich nicht wußten, wie wir sie noch vergraben sollten.

Diese Flaschen hatten eine Besonderheit. Das Etikett war abgelöst. Kein Mensch konnte wissen, was er da soff. Mir war nach Streit, denn das Zeug schmeckte nach französischem Landwein und kostete nach Champagner bester Sorte.

«WIR WERDEN UNSERE RECHNUNG ERST BEZAHLEN, WENN SIE UNS DIE ETIKETTEN BRINGEN!» rief ich ihr ins hagere Gesicht, in dem Abscheu aufblitzte.

«GEBEN SIE RUHE! VIELE PASSAGIERE SCHLAFEN!»

«Das ist mir ganz wurscht! Stellen Sie sich einfach vor, die seien tot! Und bringen Sie mir bloß endlich diese Etiketten, sonst ramm ich Ihnen diesen Flaschenhals in Ihren knochigen Hintern, daß es nur so SPLITTERT!»

«SIE KÖNNEN MICH MAL!» entfuhr es ihr. Ich hatte sie soweit. Ich amüsierte mich köstlich. Bemerkenswert, wie sie jetzt die Lippen zusammenpreßte, in purer Angst, ihr Rollenfall könne unangenehme Konsequenzen haben.

«ICH WILL SOFORT DEN GESCHÄFTSFÜHRER SPRECHEN!» schrie ich.

Es war still nach diesem Satz. Nur hier und da das sehr leise Geräusch von aufklappenden Augenlidern. Und die rote Hexe begann zu lachen, laut und aus vollem Hals. Beinah hätte ich mich in sie verliebt. Bald lachten alle. Auch wir. Nur die Piloten bekamen nichts mit. Ich schnappte eines dieser anonymen Alkoholika und wankte nach vorne, niemand machte einen Versuch, mich aufzuhalten. Ich drückte die Kabine auf und hörte eine müde Stimme: «Was gibt's denn?»

«Ich suche die Etiketten, die zu dieser Sorte von Flaschen gehören ...»

«Was? Machen Sie, daß Sie hier rauskommen!»

«Ich habe eine Handgranate!»

Ein Zucken ging durch das Sesselleder. Jetzt fanden sie es sogar nötig, sich umzudrehen.

Erleichtert lächelten die Piloten. Ich wirkte nicht gefährlich.

«Gehen Sie auf Ihren Platz zurück! Machen Sie schon!»

Es klang verzeihend. Trotzdem ging ich auf meinen Platz zurück. Man muß Kraft sparen. Man ist sterblich. Jedenfalls glaubt man das, weil es einem so oft reingewürgt wird.

Als Kind glaubte ich, niemals sterben zu müssen. Es war ein sehr gutes Gefühl. Ich war ein lebhaftes Kind, und die Vorstellung, plötzlich weg zu sein, während der Rest der Welt weiterläuft, tat ich als zu phantastisch ab. Ich sah rüber zu Richard, dessen Augäpfel wie Glasmurmeln weit aus den Höhlen hingen. Jetzt war bald er dran. Uns trennten 15 Jahre. In 15 Jahren kann ein zweistündiger Sampler großer Momente entstehen. Oder was wir dafür halten.

Mit der geballten Ladung ihrer spärlichen Reize stand die Stewardeß im Gang, zwei Sitzreihen entfernt. Sie musterte mich unverhohlen. Es konnte alles mögliche bedeuten.

«SCHAU!» rief jemand.

Anscheinend gab es irgendwo etwas zu sehen.

Tatsächlich.

Die kleine Luke war erfüllt von einem beeindruckenden Lichtermeer. Land in Sicht. Land voller Lichter, leuchtende Ameisen in einem Meer von Schwarz. Schwimmende Feuer.

«New York!» bemerkte Richard trocken. Er schob sich eine Pille ein. So weit war es nun mit ihm gekommen. Wenige Minuten später setzte er sich mühsam Richtung Klo in Bewegung, blieb dort längere Zeit.

Der Lautsprecher meldete sich.

«Meine Damen und Herren...» und so weiter...

Wir stürzten aus der schwarzen Wüste ab. Meine Ohren sind empfindlich. Der Druckunterschied wurde unangenehm. Vor allem, da sowieso alles schwankte. Mein Kopf drohte zu platzen.

Richard kroch bleich vom Klo zurück. Eine Stewardeß begleitete ihn und schnallte ihn an. Danach schloß sie mir den Gurt. Es lag Liebevolles wie Gewalttätiges in diesem Akt. In diesem Moment fühlte ich mich wie ein Irrer, ausgeschaltet, wenn es kritisch wird, allein gelassen. Richard legte weinselig einen Arm auf meine Schulter. Gräßlich stank's aus seinem Maul.

«Die Frauen...», murmelte er, «die sind klug... Die stehen auf Männer... Die wissen, was gut ist...»

Dabei gab er mir einen fetten Kuß aufs Ohr. Mein Trommelfell bog sich halb durchgeschmatzt. Die neue Welt schlang uns hinab. Ich hielt mir die Nase zu und sperrte den Mund weit auf. Irgendwo hatte ich gelesen, das helfe gegen den Höhenunterschied. Jedenfalls half es gegen Richards Gestank.

Die Lichter da unten formierten sich zu Geraden...

Der gerade Strich – das Sinnbild von Geist und Zivilisation, Mathematik und Ordnung... linear und langweilig wie das EKG eines Toten. Einige der Lichter blinkten, manche leuchteten rot und grün, andere bewegten sich, Bäche, die auseinander- und zusammenflossen, pulsierten, verquallten. Es sah ungeheuer lebendig aus und ebenso künstlich.

Richard kannte das schon und rotzte gleichmütig sein Taschentuch voll. Ein vielgereister und welterfahrener Mann. Sein Gesicht entspannte sich lässig.

Das Flugzeug zog einen Kreis und näherte sich gefährlich der Erde. Sanft wie ein Eistänzer glitt es auf die Rollbahn. Wenige Leute bequemten sich zu einem mageren Klatschen; die allermeisten waren jedoch welterfahren und entspannten sich lässig. Sie gingen mir auf die Nerven, wie sie sich in ihren Sitzen räkelten und gähnten und nicht einmal einer neuen Welt Respekt zollen wollten.

Ich öffnete meinen Gurt, die Höhenschmerzen ließen

nach, und ich wurde rührselig, tänzelte im Gang auf und ab. Die Stewardeß lächelte mir überlegen zu, wohl froh, mich loszuwerden. Ich hätte sie geliebt. Sie hätte mich nur auffordern müssen. Die Anzugmenschen schoben sich an mir vorbei, rempelten mich und demonstrierten mit kleinen, unfreundlichen Gesten die Wichtigkeit ihrer Zeit. Vielleicht waren auch sie unheilbar krank und kämpften um Sekunden.

Richard blieb still sitzen, bis sich die Gänge entleert hatten.

Feierlich schritten wir die Gangway hinab, taumelten, hielten uns aneinander fest. Der Wein sabotierte uns nach Kräften. Wir folgten dem Pulk der Anzüge. Es war heiß in der neuen Welt, 22 Uhr Ortszeit und mindestens 30 Grad. Man verfrachtete uns in Busse, die zum Flughafengelände fuhren, zu einem langen Laufband, das gleich zu rotieren begann. Aus einer Luke in der Wand tauchten Koffer auf. Meiner aus Bast war gleich der zweite. Hier standen auch schon die ersten Fernseher, in die man Geld einwerfen mußte. Jemand sah sich eine Folge von Raumschiff Enterprise an. Während Richard Ausschau nach seinen beiden großen Lederkoffern hielt, besetzte ein Landungstrupp einen fernen Planeten voll von brutalen Urviechern. Es war ziemlich spannend. Mr. Spock liebe ich sehr. Irgendwann zog mich Richard am Arm, und wir marschierten durch einen gläsernen Gang ins Flughafeninnere. Der Zoll wartete auf uns.

Die Cops suchten sich ein paar Opfer und befahlen ihnen, das Gepäck zu öffnen, wühlten darin herum, hielten Akten und Pornohefte hoch, weiße Westen und dreckige Unterwäsche, ließen Drogenhunde schnüffeln.

Ganz sicher war ich mir nicht... Der Slang war zu undeutlich. Aber ich glaubte zu verstehen, wie einer von den Cops zu einem anderen sagte: «DIE DA – die sehn mir ein bißchen zu besoffen aus!»

Und sie winkten und durchsuchten unseren Kram – zuerst

meinen –, lachten ein wenig, als sie den kleinen Scheißhaufen aus braunem Plastik fanden, ein Scherzartikel, der eine Art Talisman darstellte. Eine Frau, die ich liebte, hat ihn mir einmal geschenkt, um mich zu beleidigen. Die Frau hatte ich inzwischen fast vergessen. Der Scheißhaufen dagegen war mir ans Herz gewachsen. Ein sehr realistischer und haltbarer Scheißhaufen. Richard kannte die Geschichte noch nicht. Ich hätte mich während der Inspektion nicht mit ihm unterhalten sollen, wenigstens nicht so sichtlich freundschaftlich. Dann hätten die Beamten vielleicht nur ihn mitgenommen. So aber fanden sie die fünf Familienpackungen seines Morphins, sahen auf einer Liste nach und freuten sich.

Unter den Arm gehakt, führten sie uns ab. Leider verzichteten sie auf Handschellen – das hatte ich mir immer mal gewünscht – quer durch die Massen – gefesselt – und dazu ein gefährliches Gesicht machen, glotzenden Leuten Flüche ins Gesicht zischen – kleine Kinder erschrecken …

Wir landeten in der Flughafenzelle, die aussah wie ein deutscher Hochhauswaschkeller, mit einem Gully in der Mitte und weißen Plastikbänken daneben.

Richard legte sich gleich zum Schlafen hin. Ihm konnte in diesem Moment Irdisches wenig anhaben.

Ein Cop kam, der älter und wichtiger schien als seine Kollegen. Ich buchstabierte ihm unsere Namen. Weil ich auf Plastikbänke nicht gut zu liegen war, verlangte ich eine Erklärung, mehr aus Langeweile, man konnte sich alles zusammenreimen, aber besser ist, erst mal verwundert und unschuldig zu tun. Selbst wenn man WIRKLICH unschuldig ist.

Der Cop war recht freundlich. Er trug eine vertrauenerweckende Stupsnase und keinen Revolver am Gürtel. Mit getragener salbungsvoller Stimme behauptete er, wir hätten gegen das Betäubungsmittelgesetz des Staates New

York verstoßen, und empfahl uns Ernst, Zerknirschung und klare Aussprache.

Also erklärte ich ihm die Geschichte – daß wir die Droge ehrlich erworben hatten, mit Rezept und Arzt und allem Drum und Dran. Ich deutete auf Richard –

«Schwer krank, verstehen Sie? Hat nicht mehr lang zu leben! Die Pillen braucht er, damit er niemanden umbringt! Hier und da schimmelt er schon – riechen Sie nur mal in sein Maul hinein...» Richard grunzte zustimmend und machte ein friedliches, ausgesöhntes Gesicht.

Der Cop nickte verständnisvoll und tat, als ob er mir glauben würde, sagte aber brillenputzend sorry – das müsse selbstverständlich alles nachgeprüft werden. Es wird ja von bösen Menschen viel behauptet... Laut Umfrage sind sechzig Prozent der Leute geübte Lügner... Ich gab ihm den Namen von Richards Arzt, hoffte dabei, der würde uns keine Schwierigkeiten machen, aus Bosheit oder Angst. Irgendwie erwartete ich im Ernst, der Cop würde nun zum Telefon greifen. Statt dessen bedauerte er, daß das etwas länger dauern könne, man müsse erst bei der deutschen Polizei Auskünfte einholen, über uns, über den Arzt, und dann sei immer noch nicht sicher, ganz und gar nicht sicher, ob wir dieses Medikament behalten dürften... Schließlich müßten auch noch die Nummern der Geldscheine kontrolliert werden, soviel Bargeld sei verdächtig, und die Kollegen von Interpol sind immer so schrecklich faul – jede Verzögerung würden wir denen verdanken...

Beiläufig erwähnte ich, wir wollten sowieso hier nicht bleiben, Amerika ist fürn Arsch, gleich weiter in die Karibik solle unsre Reise gehn.

Der Cop wetzte seine Stupsnase, die Brille bekam dabei einen neuen Fettfleck ab, und er putzte sie, dachte nach und vermeinte dann, die eleganteste Lösung zu sichten. Falls unsere Angaben stimmten und keine Anklage erhoben werden würde, könne man uns ausweisen, und wir hätten sogar die Möglichkeit, den Stoff zu behalten. Keine Komplikationen. Alles wird sich geben, machen Sie sich keine Sorgen – die machen wir uns schon, Freunde und Helfer. – Leider müßten wir die Nacht in Polizeigewahrsam verbringen, zumindest die Nacht – auf einem bequemen Revier – da könne man besser für uns sorgen. Abschließend wünschte er mir grinsend einen angenehmen Aufenthalt in New York, dieses zynische kleine Machtschwein. Ich falle doch immer wieder auf freundliche Stimmen herein, bin zu naiv und gutgläubig... Vielleicht sollte man wirklich an Gott glauben, wenn man schon glauben muß. – Da hat man sich wenigstens dran gewöhnt, daß man nichts zu erwarten hat.

Richard schnarchte welterfahren. Ihm wurde so unsanft auf die Brust geklopft, daß er zu husten begann.

Man schob uns in die schwüle Nachtluft, diesmal mit Handschellen, aber keiner sah zu. Unbemerkt von der Welt, verschwanden wir in einem vergitterten Bullenwagen. Die Fahrt dauerte keine fünf Minuten.

Im Polizeirevier trennte man uns. Richard war viel zu blau und müde, um sich Sorgen zu machen. Dieses fortwährende Sterben hatte ihn sehr angegriffen. Er grölte verschlafen alle ihm bekannten amerikanischen Schimpfworte, als zwei Mann ihn fortschleiften.

An den Wänden dieses Reviers hingen lauter Fotografien von Cops, die mit ihrem Tod dem Land einen Dienst erwiesen hatten. Ich erwartete nun die Prozedur mit den Fingerabdrücken und lockerte schon die Daumen, statt dessen mußte ich nur meine Taschen umdrehen. Der Inhalt verschwand in einer braunen Tüte. Auch die Zigaretten. Schnell steckte ich mir noch eine an, man ließ es durchgehen, man lachte über die zerknautschte, halbzerfetzte Pariserpackung aus meiner Arschtasche. Das Garantiedatum war überschritten. So lange nicht gevögelt. Ich war eine wandelnde Tonne voll Liebe. Bald würde man mich heiligsprechen. Aber vorher ein wenig Martyrium – nur fair... New York... Ich dachte an John Lennon... Eben noch ein Genie, bumm, bumm, Schüsse fallen, und schon ein Trottel, so schnell geht das, man kann nicht vorsichtig genug sein, ES lauert überall und nicht so blöd wie die Gutgläubigen... Energisch führte man mich einen Wirrwarr von engen grauen Gängen hinab, in die Keller, stellte mich dort an eine Wand, neben ein Münztelefon.

Ein junger Bursche, der nicht älter als neunzehn schien, drückte mir ein Geldstück in die Hand.

«Du hast einen Anruf frei – wenn du drauf bestehst!»

Jetzt erst fühlte sich die Situation tragisch an. Ich lachte, weil ich glaubte, das Weinen verlernt zu haben. Hier stand ich, Millionen Lichtjahre von jeder Kultur entfernt, allein mit meinem Spermaschädel, festgehalten auf dem Weg von irgendeinem Tod zu andereinem Tod, und durfte einen Menschen freier Wahl benachrichtigen.

Ach du Scheiße.

Ich fragte den jungen Polizisten nach der Nummer der Zeitansage. Er diktierte, ich wählte.

Dabei sah er mich mit einer Mischung aus Mitleid und Belustigung an. Ich haßte ihn.

VI

Und fand es eher aufregend als demütigend, zum erstenmal in eine Zelle geworfen zu werden. Es war eine richtige Zelle, nicht nur so ein großer Käfig mit Wänden aus Metallstäben. Eine Neonröhre flackerte auf. Zwei Pritschen sah ich, im Abstand von zwei Metern zueinander, ein Waschbecken, ein Klo, kein Fenster.

Auf der linken Pritsche wälzte sich ein junger Schwarzer herum, gestört vom Licht.

Er stützte seinen nackten Oberkörper auf die Ellbogen und sah mich neugierig an. Seine Brustmuskulatur glänzte ölig. Ein Gladiator. Die Stahltür fiel ins Schloß. Man ließ mir fünf Sekunden zur Orientierung in der neuen Welt, dann erlosch die Beleuchtung. Langsam schlurfte ich in Richtung freie Pritsche und tastete sie ab. Es knarzte. Mir war unheimlich in dieser Dunkelheit mit Neger. Auch fühlten sich die groben Wolldecken nicht gut an.

In der Stille lag Unsicherheit, Angst und die Feierlichkeit einer Premiere. Ich war zum erstenmal in Amerika.

Meine Schuhe machten ein hallendes Geräusch, als sie auf den Boden fielen. Ein menschliches Murren war zu hören. Ich konnte einfach nicht still liegen, ein Knarzkonzert folgte.

Plötzlich hackte eine sanfte Stimme schnelle Silben herunter. Zuerst hörte es sich an wie das Geräusch eines Mixers in einer Buchstabensuppe. Mit der Zeit gewöhnte man sich daran und bekam ein paar entscheidende Worte mit.

Warum ich hier war, wollte er wissen.

«Drogen», sagte ich, und er lachte dreckig.

«Oh, ich hab nie was mit Drogen zu tun gehabt, bin der einzige gottverdammte Schwarze in dieser Stadt ohne Einstich. Verkauft hab ich auch nie. Das macht Eindruck, das schreit geradezu nach Mitleid und Verständnis. Kein Richter wird mich da lang verknacken können!»

Erneut lachte er.

«Wegen was bist du denn hier?» fragte ich.

«Totschlag», sagte er lakonisch. «Aber rassenintern. Der Typ hing an der Nadel und hatte ein paar Pferdchen laufen, die nie in ihrem Leben einen wichtigen Mann gebumst haben, so häßlich waren die, wie soll man mich da nicht freisprechen?»

Er schien sich keine Sorgen zu machen, seine Stimme sprühte vor Selbstbewußtsein und guter Laune.

«Du klingst nach Kraut!» behauptete er. «Da machst du mir nichts vor. Das erkenn ich sofort, auch wenn du dich gut verstellst, he? Du bist wahrscheinlich Schweizer? Ja? In New York wimmelt es von Juden, also geben sich alle Krauts als Schweizer aus. He? Bist du ein Nazischwein?»

«Nein.»

«He? Aber dein Vater – der war doch ein Nazischwein, und dein Großvater? Waren sie fleißig, ja? Ich hab nichts gegen euren Hitler, der hat kaum einen Schwarzen erwischt, das ist die Hauptsache, he?»

Die Konversation begann zu langweilen. Ich schwieg, und andere Fragen folgten.

«Ich versteh, daß du darüber nicht reden willst, versteh ich, wo kommst du denn her, Weißer? München? Hauptstadt der Bewegung? Ja, da guckst du, ich bin gebildet, ich hab alles gelesen über euern Hitler, ist das eine schöne Stadt? Ja? Herrgott, was machst du denn dann hier? Warum bist du nicht geblieben, wo du warst? So ein Trottel...»

«Durchreise.»

«Das ist gut. So ein Trottel. New York fängt alle Trottel ein, es ist die Stadt der Beknackten, der Kranken und der Toten, und sie ist gierig, mein liebes Jesuskind, die frißt was weg, diese Stadt, die Hirnrinde zuerst. Straßen voller Scheiße, aus Kotklumpen geformte Männlein und Weiblein...»

Er holte tief Luft und suchte den dünnen roten Faden.

«Äh... wie lange werden sie dich denn einknacken? Kommst du noch rechtzeitig zum Oktoberfest 2000, he? Ich kenn jemand, der wollte zum Oktoberfest, dann war das aber schon im September. Was meinst du? Drogen! Das gibt lebenslänglich und jeden Tag mahnende Worte von Old Nancy im Fernsehen. Tja, das sind so deine Aussichten für die nächsten zwanzig Jahre. Hoffentlich hast du nichts selber genommen, he? Nicht? Mens seno in corpore, ich bin gebildet, was?»

«Ich bin unschuldig.»

«He, bist du ein Arschloch oder was? Kennst du hier einen Staatsanwalt? Wir sind alle schuldig, alle, an allem was passiert, irgendwo auf der Welt, selbst ich, der ich nicht mal trinke und rauche!»

Selig summte er ein kurzes Halleluja. Ein lustiger Kerl.

«Sag mal!» fragte ich, «ist es eigentlich wahr, daß man hier an jeder Ecke überfallen wird? Einem Kumpel von mir ist das dreimal passiert. IN EINER NACHT! Er kam ohne Stiefel ins Hotel...»

Der Neger lachte.

«Ich mach nur selten... Das lohnt sich ja nicht. Die Leute haben kein Geld mehr... oder verlassen ihre Wagen nicht... Ronnie ist clever... kürzt die Sozialleistungen, und gleich werden die Straßen viel sicherer... Natürlich... du als Dealer, dir werden sie beim ersten Spaziergang in den Arsch schauen, ob du nicht ein paar Gramm versteckt hast, du mußt aufpassen, wenn du in zwanzig Jahren wieder rauskommst...»

Wir fragten einander nicht nach Namen und Berufen. Wir waren schwarze und weiße Bauern eines Schachspiels, aber vorläufig geschlagen – seitlich des Spielfelds lungernd und plaudernd, von Erlebnissen im Krieg da DRAUSSEN, der uns in dieser Nacht nichts anging.

Der Neger begann zu dozieren.

«Weißt du, warum sie uns zusammengesperrt haben? Sie wollen, daß wir uns gegenseitig ärgern... Wir sind beide was Besonderes, sonst kämen wir in die Gemeinschaftszelle... Ich fall darauf nicht rein... die können mich kreuzweise, meinen Dünnschiß sollen die lutschen... He? Ich hasse alle Weißen... Bis auf diejenigen, die tot sind oder im Gefängnis, die können mir doch wohl wirklich egal sein, mit denen rede ich sogar! He? Du hörst ja, daß ich mit dir rede!»

«Ist ja gut!»

«Na also, du hast keinen Grund, dich zu beschweren, Weißer!»

Ich muß sagen, daß vieles, was er redete, unverständlich war oder vielleicht eine etwas andere Bedeutung besaß, als ich vermutete. Auch blieb manches, das ICH sagen wollte, stecken, weil Worte fehlten.

In Wirklichkeit sprachen wir stundenlang miteinander, es schlug sich nur nicht akustisch nieder. Vielleicht war es besser so. Ich hatte noch über vieles nachzudenken und schlief ein.

Irgendwann flackerten die Neonröhren wieder auf und gingen nicht mehr aus. Man brachte uns Frühstück. Der Neger überließ mir seinen Kaffee. Wir legten uns beide wieder hin.

Jemand rüttelte mich an der Schulter.

«Drinker?»

«That's me...»

«Come on!»

Ich zog mich an. Mißtrauisch sah mir der Neger zu.

«Hab ich's nicht gesagt, daß ich unschuldig bin?»

«Oh, Mann, du bist wirklich ein Trottel, wenn du das glaubst!» Müde klappte er die Ellbogen weg, und sein schlanker Oberkörper fiel resignierend auf die Pritsche.

An dem Schalter, an dem sie uns unsere Sachen zurückgaben, wartete Richard. Er lächelte mir zu und sah entsetzlich aus. Anscheinend hatten ihn in der Nacht Schmerzen überfallen und ihn wehrlos vorgefunden. So verwittert kehrt man nicht einmal aus der Wüste zurück. Er schwankte, seine Hände zitterten. Wir mußten etwas unterschreiben. Wir lasen es nicht durch. Ich zündete mir eine der wiedergewonnenen Zigaretten an. Ein Cop winkte uns und meinte, da hätten wir aber Glück gehabt. Erst jetzt wurde ich zornig. Mit Gewitterwolken im Schädel bestieg ich den Wagen, der uns zurück zum Flughafen fuhr. Diesmal ein Pkw mit Fenstern, ich konnte also etwas von New York sehen und behaupten, ich sei dagewesen.

Dem Sonnenstand nach mußte es kurz vor oder nach Mittag sein. Viel hatte New York in diesen Minuten nicht zu bieten. Autos, Häuser, Reklamen und Menschen. Von den beiden letzten mehr als üblich.

Als wir den JFK erreichten, fuhren wir hintenrum, durch einen kleinen Tunnel, in diese riesige Garage voller Streifenwagen. Man führte uns durch eine Glastür ins Hoheitsgebiet der Zollbehörde. In einem kahlen Büro händigte man uns das Gepäck aus. Der Geldkoffer war auch dabei. Richard sah nach. Geld und Pillen waren da. Er nickte zufrieden, und wir mußten schon wieder etwas unterschreiben.

Jetzt nickte auch der Glatzkopf hinter dem Schreibtisch. Er sagte, daß wir nach den Regeln für unerwünschte Ausländer das nächste Flugzeug nehmen müßten.

Das war uns ganz recht. Die Karibik wartete. Weißer Rum und Kokospalmen, ganz wie in der Werbung.

Wir liefen durch mehrere zugewiesene Gänge, bis wir einen Schlauch erreichten, der in eine Gangway mündete. Sehr praktisch. Ich wechselte mit Richard die ganze Zeit kein Wort. Wir schlingerten noch im Tran.

Eine Stewardeß zeigte uns die Plätze. Wir waren die letzten. Man hatte auf uns gewartet. Anhand des Stimmengewirrs stellte ich fest, daß noch mehr Deutsche an Bord waren.

Der Befehl zum Anschnallen kam. Alles seit dem Gefängnis war so schnell gegangen. Die Maschine begann mit dem Unisono der Triebwerke und rollte an. So was wirkt immer mächtig.

Ich musterte die Stewardessen. Sie sahen wohl auf der ganzen Welt gleich aus. Dann entdeckte ich auf ihren linken Titten ein Lufthansaabzeichen, das machte mich mißtrauisch.

«He, Richard, wir fliegen doch nach Guadeloupe, oder?»

«Na klar, das habe ich gesagt, daß wir da hinwollen!»

«Irgendwie kommen mir Zweifel!»

Ich öffnete den Gurt. In diesem Moment erhob das Flugzeug seine Nase und hangelte sich zu den Wolken auf.

Bleich warteten wir, bis die Stimme aus dem Bordlautsprecher kam. Erst englisch, dann deutsch.

«Der Kapitän und seine Mannschaft begrüßen Sie recht herzlich an Bord der... Unsere Ankunftszeit in Frankfurt wird sein...»

Ich sah Richard aus den Augenwinkeln an.

Er alterte um einen Monat...

In seinem Zustand sieht man einen Monat ja etwas anders...

VII

Auf unserm schrägen Weg zum Himmel, voller Zorn gefangen, preßten wir die Nägel in die Handballen und träumten von Bombengewittern und Benzinkanistern, ein Streichholz – puff – daß es nur so raucht – die Hitzewelle – die Explosion – daß die Wolken zu pissen beginnen in all dem Qualm – und hinab in ein Wohngebiet gestürzt, in das Empire State Building, durchgekracht bis ins Erdgeschoß, in einem Meer von Leibern und Blut und Gemeinheit...

Richard begann leise zu schluchzen. Es hörte sich furchtbar an. Man mußte das ernst nehmen, auch nach Abzug aller Theatralik. Er machte nämlich Anstalten, aufzustehen und irgendwelchen Unsinn zu verbraten. Ich hielt ihn fest, drückte ihn in den Sitz zurück. Zum erstenmal sah er wie ein uralter Mann aus. In der Luke neben seinem Kopf schwappte der Ozean.

Der alte Mann und das Meer... So ein Dreck...

«Ich hab's gewußt», stammelte er. «Von der Wiege an war irgend etwas gegen mich... Hat mich gehaßt... War ich verseucht!»

Wieder redete er von seinem toten Vater, von der großen bösen Welt, von hinterlistigen Liebhabern und einem verpfuschten Leben, vom Unvermögen, ein großer Maler zu werden, von falschen Freunden und echten Feinden.

Es war zum Kotzen.

«Warum hab ich keine Pistole? Kein Messer? Warum schickt man mich zurück? Würden sie das mit einem andern wagen? Was hab ich denn getan?»

Lauter unnötige Fragen. Es fehlte nicht viel, und er hätte

nach dem Sinn des Lebens geforscht. Auf dieses Niveau sank er dann doch nicht ab.

So gut es ging, versuchte ich zu beschwichtigen. Das alles sei halb so schlimm, von Frankfurt aus könne man diesmal einen Direktflug nehmen, am großen Feind Amerika vorbei.

Richard antwortete nicht, glitt in dumpfe Geistesregionen ab – er war schon entschieden zu lange nüchtern. Ich bestellte zwei Becher und flößte ihm Wein ein, wie man einem angeschlagenen Boxer Riechsalz gibt.

Eine Stewardeß kam, eine ziemlich hübsche, erkundigte sich, ob alles in Ordnung sei.

«Wir sitzen im falschen Flugzeug!» erklärte ich.

Sie bestritt das entschieden.

«Das geht nicht. Sie haben doch ein Ticket gekauft...»

Hübsch blöd, dachte ich.

«Die amerikanische Zollbehörde hat das getan! Sie hat uns aus lauter Bosheit in dieses Flugzeug geschickt!»

«Ach? Ja, das ist natürlich was anderes!»

Und sie eilte davon, um die georderten Drinks zu holen.

Inzwischen dachte Richard an Selbstmord. Aus dem Fenster springen fiel aus. Da paßte nur ein Kleinkind durch. Da hätte er sich früher entscheiden müssen. Also riß er die Familienpackungen auf.

«Jetzt sei nicht kindisch!» riet ich ihm und nahm ihm gewaltsam die Pillen weg. Ich wollte ihn nicht sterben sehn. So was geht mir zu nah. Bei so einem langen Flug fängt einer ja zu stinken an, bevor er ankommt. Das sah er ein. Das wollte er niemandem antun. «Immerhin», sagte ich, «haben dir die Amis ja den Flug bezahlt. Du hattest doch nur ein einfaches Ticket!»

Er senkte den Kopf.

«Nein, das stimmt nicht. Ich habe gedacht – wenn ich nun

Heimweh bekomme... Und das Geld nicht mehr habe, zurück – Ich wollte alle Möglichkeiten ausschließen...»

«Aha. Ich hatte mich schon gewundert... Die Amis haben unsere Tickets gefunden und sich die Sache einfach gemacht!»

«Ja.»

Er schlürfte den Becher leer und zerknüllte ihn in seiner schmalen Hand.

«Haben wir überhaupt noch genug Geld für einen zweiten Anlauf?»

Er zuckte mit den Schultern.

«Ich habe dieses Eingesperrtsein über den Wolken satt. Die weißen Strände von Guadeloupe sind voll von kleinen schwarzen Seeigeln, nein, nicht die Strände... das Wasser – es ist sehr klar dort. Ich habe keine Lust mehr. Keine LUST!»

Das stimmte mich traurig. Nach München zurück und erzählen, ich war in New York, habe eine Zelle besichtigt... Der Tran... Und wem erzählen, WEM, selbst von der Zelle? Richard hatte es leicht, auf eine gewisse Art. Dem waren die Minuten kostbar. Ich hätte gern einmal mit ihm getauscht, wenigstens ein paar Monate lang, bis es ernst wird...

Ich bin kein besonders guter Mensch – nur ein kleiner, unbedeutender Schnorrer. ICH MACH, WAS ICH WILL, UND NUR SOVIEL, WIE ICH MUSS. Große Schnorrer sind reich und mächtig, haben Einfluß und Ansehen, Politiker und Generäle und Nobelpreisträger und ähnlich zweifelhafte Existenzen, Fabrikbesitzer, Ärzte, Rechtsanwälte. Ich hatte nur die Freundschaft zu einem Todkranken, der mich bezahlte, damit ich vor seiner Leidensgeschichte nicht ebenso davonlief wie alle andern.

Wir hatten uns das bisher beide nicht eingestanden.

Nun – im Gegensatz zu ihm konnte ich noch viel an meiner Situation ändern – etwas Grundlegendes, nicht nur Ortswechsel, Tapetentausch, mein Haus konnte ich niederreißen, mein buntbemaltes Schneckenhaus. Ich behielt mir das vor. Man muß etwas in der Hinterhand haben, wenn es schlimm kommt. Ein Glaube, ein Traum, ein paar Pillen ... Man muß flexibel sein!

Gleich ging es mir besser. Auch Richard beruhigte sich langsam, sah die Komik in dieser Tragödie blitzen und verfiel ins Grübeln. Es würde weitergehen. Er schmiedete Pläne, das war ganz deutlich zu erkennen. Vorerst trank er wie ein Pferd. Besser, ihn in Ruhe zu lassen.

Es war nicht mehr auszuhalten auf diesem Sitz – Scheißfliegerei –, und das ist der große Traum der Menschheit gewesen!

Ich dachte an Frauen, dann an Wasserfälle, dann wieder an Frauen. Aus Langeweile verliebte ich mich in die hübsche, blöde Stewardeß mit dem butterblonden Haar und dem spitzen Kinn. Vorsichtshalber ging ich auf die Toilette und onanierte. Das Klo war fensterlos, damit man von keinem anderen Flugzeug aus reinsehen konnte.

Seltsam, wie sich die Dinge fügen, möglicherweise gab es auf Guadeloupe grade eine Naturkatastrophe ungeheuren Ausmaßes, die die Insel zerstampfte, ins Meer warf, zu den Seeigeln. Und wenn nicht? Welche Entschuldigung würde sich das Schicksal dann ausdenken? Ich rubbelte kräftig an meinem Schwanz, kratzte die gesammelte Leidenschaft von mir. Man kann sich da doch nichts vormachen – es ist eine häßliche Welt, aber ich glaube an nacktes, schönes Fleisch, wenn man die Rüstung erst runter hat, und das Korsett und die wollene, verschwitzte Unterhose. Da begreift man doch – warum man den vielen Autos auf der Straße ausweicht, Tag für Tag – es ist FUMMELARBEIT! Ganz verfiel ich dieser Mösenmystik Nr. 8, Unendlichkeit, die sich querlegt, Altäre, erregt zuckende Altäre, rosa leuchtend wie lebendig zerteilte Lachse. Ich bemerkte überhaupt nicht, daß da eine Ladung Sperma aus meinem Körper schoß – es war kein Orgasmus dabei.

Tagträume vernebelten das Bild im Spiegel, gaukelten mir in harten Schnitten verfälschte Filme der Vergangenheit vor – es war keine Zukunft dabei.

Die Zukunft erledigt sich von selbst, nicht wahr? Wir haben nur diesen schmalen, durchlässigen Filter Gegenwart, versuchen wenigstens die gröbsten Brocken zu zersplittern, damit die Leinwand durch keine allzugroßen Risse getrübt wird. Ein schöner Film! So einfach ist das! Und viele weibliche Hauptrollen, Frauen, wie sie nur das Kino erfinden kann –

Wahrscheinlich bin ich zu lange auf diesem Metallklo geblieben, nach einiger Zeit wurde an die Tür geklopft, erst schüchtern, dann gewaltig. Ich schob die Tagträume ins Gefrierfach zurück und öffnete.

Ein Aktenmensch stand da, mit schlotternder Hose und gelber Lederkrawatte, ein hornbrilliger, stumpfstirniger Fisch.

Mit beiden Händen hielt er sich die Weichteile. Seine Knie zitterten. Ich drückte ihm eine Beleidigung zwischen die wäßrigen Augen. Ohne Reaktion schlüpfte er an mir vorbei und schloß sich ein. Man konnte ein Stöhnen hören. Ein widerlicher Kerl. Als Kind habe ich in so einem Fall einen imaginären Knopf betätigt, um eine imaginäre Falltür zu öffnen. Es half noch immer, wenn auch die Phantasie inzwischen um 150 Punkte zurücklag, im Spiel gegen die Realität. Es liegt an der schlechten Verteidigung. Die Phantasie spielt ohne Torwart, und die Toten fliegen ins Netz und dämpfen die Moral.

Ich blieb am Kopf des Ganges stehn und sah mir die Menschen an, die sich in ihre Sessel lümmelten und das Bordmenü einnahmen. Haß stieg hoch.

All diese dummdreisten Typen im richtigen Flugzeug, selbstzufrieden, Särge auf zwei Beinen, beliebig faltbar, Gummisärge, Riesenpräservative, dick und dicht und elastisch, und alles, was sie von sich geben, ist ein Pfund Kacke täglich, in einem Schwung geschissen, schnell und problemlos. Ich glaube, wenn die mal gestorben sind, lugt ihre Seele nur unter Anwendung größter Vorsicht über den Rand ihrer Schädeldecke hinaus, bevor sie ins schwärzeste Nichts abstürzt.

So ging ich zwischen den Reihen hindurch – bereit, jeden zu erschlagen, der nicht schnell genug den Baum raufkam. Das war denen egal. Sie wußten, ich war nicht besser als sie selbst. Oder kaum.

Ich dachte an die ausgeklügelten Strategien von Ameisen und Spinnen, ich dachte an die Geduld von Geiern, an die Ausdauer von Zecken, die bis zu zwanzig Jahre auf einem Ast sitzen und warten, bis ein Opfer kommt.

Ich dachte auch an den Optimismus der Pilze. Ja, Pilze. Alle. Unser Fehler sind die Beine zum Laufen und die Arme zum Zerschlagen. Vom Baumschwamm zum Atompilz. Aber wir wachsen, optimistisch, wie es nur Pilze sein können. Bewundernswert, wenn man nicht soviel lachen müßte. Ich gemahnte mich zur Ruhe.

Abwarten und Bordmenü fressen, sonst ist man wieder zu schnell besoffen, was nicht zufriedenstellt.

Zwei Bücher schliefen in meinem Bastkoffer. Ach, Bücher – diese hölzernen Filme, ich hatte selbst schon eins geschrieben, das galt mittlerweile als verschollen, gehörte somit zu einer Reihe von vielgesuchter Literatur. Ich mag vor allem Fragmente, und bei einem Buch lese ich mehr das Weiße als das Schwarze, ich meine, bei jedem blöden Satz mach ich mir viel blöde Gedanken. Weshalb ich mit einem Buch monatelang auskommen kann. Jetzt probierte ich es mit «Glanz und Elend der Kurtisanen» von Balzac. Auf

Seite 1–5 wurden 25 Haupt- und Nebenpersonen vorgestellt oder angedeutet, die über mehrere verwickelte Intrigenstränge miteinander verbunden waren. Ich guckte da nicht durch und gab auf.

Das andere Buch hieß «Gespräche mit Professor Y» von L. F. Céline. Es begann genial. Steigerte sich dann. Meine Stimmung war gerettet.

Richard war während des ganzen Flugs still. Er ließ sich keine Idee anmerken. Das Essen bekam ihm nicht, bald sah er aus wie seine eigene Wachsfigur.

Zwei Stunden später war ich mit dem Buch fertig, glaubte erneut an Größe, und Richard sagte immer noch nichts, sah gedankenverloren aus dem Fenster.

Schließlich hatten die aufdringlichen Versuche meines Nachbarn zur Linken, ein Gespräch zu beginnen, Erfolg. Ein redseliger Mensch, mit fransigem dünnem Haar und altmodischem Jackett. Er behauptete, Atomphysiker zu sein. Vor sich hatte er das fünfte Glas Whisky stehen. Man muß sich nicht wundern, wenn doch noch mal alles in die Luft fliegt. Wenn jetzt schon die Atomphysiker saufen, ist alles zu spät. Wie sich dann herausstellte, war er nur ein Physikstudent im fünfzehnten Semester, und ich schöpfte Hoffnung.

Da ich während des belanglosen Geredes sooft es ging die hübsche Stewardeß beäugte, kamen wir auf Frauen im allgemeinen zu sprechen. Er litt auch an Abstinenz...

«Welche Frau verliebt sich schon in einen Physiker, sagen Sie mir das! Da glaubt doch jede, sie kommt zu kurz! Von der Wissenschaft kann man gut essen, aber schlecht ficken...»

«Jaja!»

Ich glaubte im Gesicht der Stewardeß ein Lächeln zu erkennen, das mir galt. Aber gehörten Stewardessen nicht zur Kaste der Unberührbaren? Ich konnte nicht den Mut fassen... Jetzt schenkte sie Kaffee aus... Da war es wieder, dieses kurze Zucken des Mundwinkels... Das Kostüm stand ihr gut.

An allen andern Frauen hier sah es geschlechtstötend aus, wie bei Nonnen und Krankenschwestern, aber an ihr... An ihr hatte es was, etwas ganz Unkostümhaftes...

«Natürlich, ich bin ja selber schuld, nicht wahr, ich suche eben immer noch die Frau, mit der man sich auch über Computer unterhalten kann, oder über Lichtwellen, aber ich verlang da wohl zuviel auf einmal... Wissen Sie, daß Physikstudentinnen sich auffallend oft in MUSIKER verlieben? Aber ja, es gibt da Untersuchungen! Leider spiele ich kein Instrument.»

«Was? Ach so.» Ich war nicht bei der Sache, obwohl es vielleicht interessant war, was er da erzählte.

«Wissen Sie, was auf Frauen am erotischsten wirken soll? GEIGENSPIELER! Der Einstein muß was weggevögelt haben... Der war nicht umsonst ein GENIE!»

«Ach?» Langsam ging mir der Typ auf die Nerven. Ich spielte auch kein Instrument, und er störte mich bei meinem imaginären Gespräch mit der Frau in Blau.

Aus den Augenwinkeln bemerkte ich, daß Richard wieder seine natürliche Gesichtsfarbe angelegt hatte. Er kicherte in sich hinein.

«Man sagt ja nicht umsonst in der Vulgärsprache, daß man diese und jene Frau gern GEIGEN wolle...»

«Okay, aber halt jetzt dein Maul!»

Der Student erblaßte, und Richard salutierte mir, wie man einem alten Freund nach langen Jahren seine Gunst bezeugt. Ich machte mir keine Sorgen über den Fortlauf unsrer Reise. Man mußte Richard bloß ein wenig auf die Schulter klopfen, davon zehrte er wie ein Kamel. Meine Frau in Blau verschwand. Für immer. Die Stunden waren unerwartet schnell vergangen. Frankfurt harrte unser.

Angeblich keine besonders schöne Stadt. Da leben Zuhälter und Verleger, was so ziemlich dasselbe ist.

Wie ich gehört hatte, geht man in Frankfurt am besten in einen Puff und macht die Vorhänge zu.

VIII

Nur noch wenige Meter Flughafenvorhalle... kein Heimkommen – kein Hingehen – kein Garnichts – gleich würden wir in der Sonne stehn – ein Verwesender und ein Stück Dreck vor dem Herrn – Es war langsam Zeit für ein bißchen Zukunftsplanung – Man konnte doch nicht so unbewaffnet hinausrennen und auf die Gutmütigkeit der Zufälle hoffen. So geht das nicht – da rennt man ins Blindlings.

Ich knallte meinen Koffer auf den Boden und sah Richard auffordernd an. Jetzt war es an ihm. Er blieb stehen, zog die Unterlippe ein, kaute sie kräftig durch und schob sie wieder ins Freie, beladen mit einem verlegenen Satz.

«Nun, ich habe mir gedacht, wir verbringen hier erst mal eine Nacht im Hotel, ruhen aus...»

Was für ein Stottern und Quengeln, richtig zwergisch, enttäuschend – Jetzt hatte er also das Alter erreicht, in dem man ausruhen muß – Ruhen vom Sein – duschen und pennen und ein Bierchen aufs Zimmer...

«UND DANN?»

«Was dann?»

«NACH DEM AUSRUHEN.»

«Ja, dann sehen wir weiter.»

«Du baust ab, Richard!»

«Werd bloß nicht unverschämt!»

Ich seufzte laut auf. Sicher, unverschämt war ich schon. Aber es war nicht mehr nur Richards Reise nach Avalon – irgendwie fühlte ich mich da unangenehm involviert. An dem Ausgang konnte nicht gezweifelt werden, doch die Art des Ausgangs würde, glaubte ich, mein weiteres Leben stark bestimmen. Man wird da schnell pathetisch – das Schicksal fordern – Haltung zeigen – neue Filme – neue Farben – Wunder...

Wo blieb das Wunder? Nur ein kleines, ein Pfeil im Himmel, ein Zeichen, ein Omen... Ein Rabe, der uns vor die Füße scheißt, so was...

Ich rief danach, am langen Troß der weißen Taxis mit ihren abgestumpften Fahrern, denen man blind vertraut, die niemals einen Unfall haben.

Ich zierte mich einzusteigen. Hilfesuchend blickte ich nach oben. Die Sonne stand tief und gab keine Antwort.

«He, ihr zwei – Fahrt ihr in die Stadt? Könnt ihr mich mitnehmen? Bitte! Ich hab nämlich kein Geld dabei!»

Das klang neu. Ich schnellte herum. Du liebe Zeit! Das Wunder! Im Zweifelsfall mußte das das Wunder sein! Eine Frau! Und wie sie aussah! Mir wurde ganz schummrig, unheimlich, konfrontiert mit den geheimnisvollen Mächten zwischen Himmel und Erde. Das explodierte, das krachte überall. Kobolde veranstalteten Feuerwerke. Das zischte und brodelte, spuckte Flammen vor die Augen. In den Knien begann es und boxte sich nach oben, in den Schwanz, in den Magen, in die Brust. Dort blieb es erst mal sitzen und flatterte mit den Lungenflügeln, wollte abheben, quälte sich durch die Kehle...

«Was ist denn nun?»

Lockige schwarze Haare mit leichtem Blaustich, Ozeanwellen über einem bleichen, kantig und schlank geschnitzten Gesicht voller Mund. Aufmüpfige Nase, dunkelblaue Augen...

Und einen tollen Rock trug sie, halblang und mit Seitenschlitz. Im Juli ist alles voll von schönen Beinen, man stumpft ab, wird immun... Aber so ein Schlitz – der lokkend schwingt – natürlich – nur ein kleines Requisit der Alchemie des Fleisches, Mösenmystik Nr. 1, ganz irdisch, lüstern, spritzgeil saftig – aber mich macht das fertig – und hab doch die Philosophen gelesen, die weisen Sätze gehört, verstanden, vergessen.

Ihre in die Hüften gestützten Arme wirkten ungeheuer jung, trotzig und zärtlich, endeten in kleinen, sinnlichen Fäusten.

Hier brachte das Schicksal seine Entschuldigung vor, schob ein neues Dia zwischen die Seiten des öden Schulhefts. Ich akzeptierte. Die Sachlage hatte sich grundlegend verändert. Auf der Stelle verliebte ich mich und begann zu zittern.

«JA. JAA! NATÜRLICH!» rief ich, wurde zum Kind – begeisterungsfähig und voll schmutziger Tricks im Repertoire.

Richard wirkte ganz gleichgültig. Gemessen an diesem alten Mann, dessen Bräune an manchen Stellen schon ins kranke Ocker überging, war ich begehrenswert, und überhaupt – schwul war er auch, keine Gefahr, keine Konkurrenz, ja so ein guter Freund!

«Natürlich nehmen wir Sie mit! Ich war eben nur ein wenig abwesend... Wohin?»

«Wohin müßt IHR denn?»

«Keine Ahnung!» jauchzte ich. «Völlig ziellos, planlos, totale Eule! In irgendein Hotel... und vorher gut Abendessen!»

Sie sah mich seltsam an. Auch Richard runzelte die Stirn.

«Es ist sechs Uhr morgens, Hagen!»

«So?»

Diese verdammten Zeitmaschinen, man endet noch im Mittelalter, wenn man zuviel rumgondelt, na schön, dann eben Frühstück oder sonst ein Fressen, ein Ritual, eine Balzmöglichkeit!

«Ich weiß ein anständiges Hotel – und ziemlich billig. Wenn euch das weiterhilft?» Die Prinzessin meiner Zukunft lächelte. Reich sahen wir bestimmt nicht aus – im Gegenteil, auch der Taxifahrer äugte ganz mißtrauisch. Er trug eine dicke Sonnenbrille und hievte mit einem deprimierenden Blick das Gepäck in den Kofferraum des Mercedes. Mit einem Klatschen in die Hände trieb er uns zur Eile. Er brauchte mehr zum Leben als uns komische Vögel.

Mein Wunder hatte nur eine Tasche über die nackte Schulter hängen, aus der ein paar bunte Magazine herausstanden.

Sie nahm vorne Platz und dirigierte den Karren durch die Straßen. Es wurde nichts geredet, doch die Stadt Frankfurt bekam Schonfrist, meine überarbeiteten Pupillen hatten keinen Platz übrig für Straßen und Fassaden.

Im Beifahrerrückspiegel erhaschte ich Fetzen vom Gesicht meiner Liebsten – Richard fand mich sehr lustig und zeigte mir einen spottbeladenen Mittelfinger, pikte mich damit ins Bein. Der sollte sich bloß hüten, mir den Spaß zu verderben, diese Arschfickerleiche – ich drohte ihm – er kicherte – immer lauter, das Wunder drehte sich um und sah ihn an und lachte mit, mein Gott, was für ein Bild, die Erde und ihre Früchte in erhabener Pracht, Junge, Junge, da schoß es warm in den Kopf und begann zu kochen, und etwas rührte um darin, bis nichts mehr an seinem Platz war.

Es wurde eine kurze, emotionsgeladene Fahrt, an deren Ende alle lachten, bis auf den Fahrer. Der verstand überhaupt nichts und schien zu glauben, man mache sich über ihn lustig. Für so wichtig hielt der sich. Zornig schmiß er unsre Koffer auf den Gehsteig und raste davon. Kein Trinkgeld. Wir standen vor einem nichtssagenden Mittelklassehotel mit braunem Anstrich. Sah etwas heruntergekommen aus, war zwischen einen Supermarkt und ein Bestattungsunternehmen gepfercht. Dessen Schaufenster waren mit einer Reklame geschmückt, die besagte: «Dem Ende des Lebens würdig begegnen... Vertrauen Sie ganz auf uns... Sorgen Sie vor! Am besten, Sie kommen SELBST zu uns!»

Das Plakat war mit schwarzem wallendem Samt umrahmt.

«Sieh an, da haben wir ja alles, was wir brauchen!» flüsterte ich Richard rachsüchtig zu. Er nahm es mir nicht übel, war wieder ganz der alte, dafür rastete ich jetzt aus – nun, Abwechslung muß sein. Die Frau schickte sich an, in eine Seitengasse abzudampfen.

«Vielen Dank fürs Mitnehmen. Ich wohne gleich um die Ecke!»

«HALT!» schrie ich mit der Kraft meiner Taucherlunge, «SIE WERDEN DOCH NOCH AUF WAS ZU ESSEN MITKOMMEN? ODER EINEN KAFFEE?»

«Oh, na ja, ich...»

«Sie können doch nicht einfach so ABHAUEN! Sie sind das WUNDER! Haben Sie das denn nicht mitbekommen?»

Erstaunt musterte sie mich, so wie man einem netten Verrückten Aufmerksamkeit schenkt, der Passanten auf der anderen Straßenseite belästigt.

«Von mir aus...»

Sie war ganz baff, verschüchtert von meinen energischen Sätzen, in eine ungewohnte Rolle gedrängt.

Man sagt das immer so – daß man das Glück packen und an den Haaren fortschleifen muß, wenn nötig... Aber wer hat schon den Mut zum Glück? Ich wurde für meine Verhältnisse unglaublich mutig... Richard kam mit seinem Geschwätz dazwischen...

«Hagen, wir müssen erst mal die Koffer abstellen...»

Ich kam ihm nahe, Nase an Nase, und klopfte ihm sarkastisch auf den Oberschenkel.

«Ja, Richard! Mach du das – Du bist doch ein Freund, nicht wahr?»

Er zog einen kaum ernstgemeinten Schmollmund.

Die Liebe meines Frankfurter Lebens schmunzelte.

«Es gibt ein Lokal – da kriegen wir noch was zu essen – ist aber ein Stück zu gehn ...»

Ich haute Richard an, machte die Pinke-Pinke-Geste, und er schob mir einen Hunnen zu, ein echter Freund, ein großer alter Mann voll Licht und Verklärung. Der Hunne knatterte wunderbar in seinen knochigen Fingern, frisch gedruckt und steif. Wir zogen los.

Sie lief einen guten Schritt – weit ausholend – mit Cowboystiefeln – mondän und jung und lebendig – das Geheimnis des Lebens ging da neben mir, fünfundzwanzig mochte es sein, höchstens achtundzwanzig, und es zwinkerte mir zu, mehr als eine Frau ...

Hagen, reiß dich doch zusammen, rief es irgendwo im hintersten Winkel meines Ichs, sieh sie dir genauer an, du glotzt ja bloß blöde, nicht zurechnungsfähig!

Sicher – verbannte, quengelnde Philosophen, da liegt viel in ihren magischen Gesichtszügen, etwas Erfahrenes, Starkes, Bissiges. Hart und erotisch zugleich leuchtet es, etwas Durchtriebenes lauert da im Schatten ihrer Nasenflügel, aber die Stirn sieht ganz nach einem Schuß Romantik aus, weiß auch nicht warum – keine Frau jedenfalls, die man so hopplahopp übers Ohr hauen kann, die weiß sich zu wehren, sie ist eine, vor der Chauvinisten beginnen, sich unwohl zu fühlen. Und doch sind da wunde Punkte und andere Mysterien, sie flackern auf, wenn sie einatmet und für einen Sekundenbruchteil ihre Lippen vibrieren.

In der nächsten Seitengasse fiel ich vor ihr auf die Knie, ganz ohne Show, völlig kirre, beugte mich zu diesem Bein, drückte einen Kuß zwischen diesen lächerlich großartigen Schlitz ihres weinroten Rocks.

Sie lachte laut auf.

«Dich hat's ja ganz schön erwischt!» rief sie, und ich fragte mich, ob sie die Liebe oder den Wahnsinn meinte, oder ob das eins sei, wie schon die alten Griechen sagen.

Sie ließ es sich ohne weiteres gefallen – das bedeutete noch nichts, das amüsierte uns beide, auf verschiedene Art und Weise. Ich habe meinen Lehrern getrotzt und der deutschen Armee, verschiedenen Konventionen und Kalendern und Beleidigungen, Eltern und Älteren und Neunmaldoofen und Klugscheißern, aber ich habe immer dran geglaubt, daß man von Zeit zu Zeit niedersinken muß vor irgend etwas – die Selbstbeherrschung verlieren, die Seriosität und die Eitelkeit, sonst verhärtet man zum starren Denkmal. Ein solches Bein kam mir da gerade recht. Auf daß wir erhoben werden! Die Himmel brüllen! Und sie singen alle: «Scheiße, Scheiße, was tust du da? Hagen, was tatest du?» Und den Göttern steigt die Magensäure in den Hals vor Lachen.

Ich atmete tief durch und sah mein Wunder an. Ich war am Ende, am Anfang, suchte einen sarkastischen Satz, aber da kam nichts. Frühaufsteher hingen an den Fenstern und grinsten. Ein Hund bellte.

Das Wunder sagte: «Wenn wir noch was zu essen wollen, muß es langsam weitergehn!»

Mit der Spannkraft eines Frosches sprang ich auf, um mit hinter dem Rücken verschränkten Armen neben dem Wunder herzutrotten.

Das Lokal hatte einen englischen Namen, an den ich mich nicht erinnere, die Tische waren klein und rund und schwarz, mit Glasplatten drauf. Bunte Lampen und verschlafenes Personal hing da rum. An der Bar saß ein Mann vor einem Pils. Ansonsten waren wir die einzigen, die letzten Gäste, noch bis sieben Uhr gab es warme Küche, Steaks und Salate und sauteuer. Immer noch hatte ich das trügerische Gefühl, gleich würde die Sonne untergehn, intimes Dunkel sich über die Szene stürzen. Ich konnte mich nicht an den Gedanken gewöhnen, daß ein neuer ganzer Tag anstand. Ich liebe die Nacht und fühlte mich um eine beschissen. Meine Erzählung streifte New York, die Dunkelheit mit Neger, die Polizisten...

Das Wunder hörte mir aufmerksam zu. Ich fühlte mich bis zum Anschlag aufgezogen und ratterte ab, groß in Form. Aus meiner vernebelten Erinnerung kratzte ich alle Bonmots zusammen, die jemals in meinem Leben Erfolg gehabt hatten, schob sie der Königin zwanglos unter die Nase, rührte meinen Restcharme auf, garniert mit den interessantesten Abschnitten meines im Sand verlaufenden Lebens – hier und da drückte ich sogar auf die Tränendrüse, nur vereinzelt – ich wollte sie ja lachen sehn, meine Königin, alle Kraft legte ich hinein, es ging um alles, bildete ich mir ein, und probierte mich als Entertainer, Aufreißer, Verführer – schiere Verzweiflung – meistens hör ich lieber zu und halte mich für langweilig.

Mein Wunder hieß Lidia, mit i, der Vater Italiener, und sie selbst Malerin. Sofort behauptete ich, von Malerei rein gar nichts zu verstehn, dann würde ich später ihre Bilder schlecht finden dürfen, und sie würde dennoch zufrieden sein. Ich war schon ein rechtes Arschloch, aber – mein Gott – na ja – der Schlitz – Daran war sie ganz allein schuld, für den Rest konnte sie nichts, zugegeben, aber schließlich war sie ein Wunder... Als Wunder hat man es nicht so leicht.

Ob sie denn von ihren Bildern leben könne, fragte ich. Eine schrecklich unkluge Frage, meistens kommt dabei raus, daß die Betreffende nebenher acht Stunden als Verkäuferin arbeitet oder ähnlich Peinliches.

Schon verfluchte ich meine Zunge, biß mir auf die

Lippe, da sagte sie: «Mehr schlecht als recht. Hin und wieder geh ich auf den Strich...»

Ja, diese Unverblümtheit überraschte auch mich.

Verstohlen betrachtete ich mir ihre Arme genauer, auf der Suche nach Junklöchern, doch die konnten auch sonstwo sein. Ich fragte sie danach. Nein, kein Problem, außer ein bißchen Koks sei da nichts. Und sie fragte mich, wie ich zu Nutten stände.

«Ich bewundere Nutten – Verkäuferinnen auch – ist ein harter Job... Frauen, die hart arbeiten, jagen mir immer so ein Gefühl ein – als ob ich aus meinem Leben viel mehr hätte machen können...»

«Ich bin nur eine Gelegenheitsnutte», sagte sie, mit zwinkernden Augen. «Die meisten meiner Kunden sind Malerkollegen... Die zahlen in Bildern... Deshalb kann ich von Bildern auch ganz gut leben... Es ist beschissen, eine Frau zu sein in dieser Kunstlandschaft!» Sie schnitt ein kleines Stück aus ihrem arg durchgebratenen Steak, kaute es stundenlang und ließ den Rest liegen. Sie hatte plötzlich keine Lust mehr auf Fleisch, nicht zu dieser Tageszeit.

Die Situation war am Abflauen... das Feuer verlosch...

«Ich will dich haben!» stieß ich frech und ehrlich hervor.

Sie machte einem klare Sätze möglich, da brauchte es kein Tamtam, keine Phrasen, kein Geschwätz, ich hätt mich vielleicht gar nicht so anzustrengen brauchen, nicht so verlogen sein müssen... Sie sah nach sinnlicher Frau aus. Ihre Zähne leuchteten augenbetäubend schön. In jeder ihrer kleinen Gesten lag dieser Hauch von Obszönität, den manche Feministinnen an Frauen so verachten.

«Dafür müßtest du zahlen!» sagte sie mit der Freundlichkeit einer Empfangschefin, und fügte hinzu: «Wenn du allerdings noch etwas wartest, hast du gute Chancen, daß du mich umsonst bekommst, das will ich dir gar nicht verheimlichen!»

Heja, nahe dran, jetzt mit aller Kraft nachhacken wie das Schellenäffchen, rattattatatt, ganz verlerntes Gefühl das alles, Kriegsspiel fast, in den Haselnußbäumen der Kindheit, heja!

«Sei mal ehrlich – ich glaube nicht, daß du sehr viel umsonst machst in deinem Leben, das hast du nicht nötig... Warten aber ist das gähnend langweilige Vakuum, das Nichts, der Tod, die Soße... Ich geb's ja zu! Natürlich hab ich mich verstellt, aber es gefällt dir – besser bestimmt als mein wahres Gesicht! Ich bin nämlich nicht sehr einfühlsam, im Gegenteil – rücksichtslos, animalisch, wahnsinnig vor Tran und Richard und Amerika... Kann nicht malen... Will nicht malen!»

Neben dem Wunder hörte mir auch die Bedienung verträumt zu, neben der Bar, den Kopf in die Hand gestützt.

Ich drehte meine Taschen um. Ich hatte das Essen bezahlt, Kaffee, Jack Daniel's, in meiner Ekstase reichlich Trinkgeld gegeben, weshalb jetzt auch geduldig auf den Ausgang meines Werbens gewartet wurde... Da blieb nur ein jämmerlicher Fünfer übrig, für den man bekanntlich keinen einzigen Satz bekommt. Jetzt wollte ich alles, Risiko, keine Geduld, kein Warten – Hart fiel der Fünfer auf den Tisch, klimperte ein winziges Lied auf dem Glas.

«Das ist alles, was ich noch besitze auf dieser Welt, und ich gebe es dir!»

«Hm – ich denke, das ist okay!» sagte meine Prinzessin, schob den Fünfer ein, und wir blickten uns vieldeutig an, ich dachte, mein Stuhl bricht zusammen, so schwer wurde ich vor Glück. Auch die Bedienung seufzte gerührt, glücklich, weil sie nun darangehen konnte, uns rauszuschmeißen. Eine freundliche Person. Die Welt war gut und groß und voller Entgegenkommen, die Rüstung war geplatzt, das Korsett zerrissen.

Mit einemmal kamen die Erinnerungen an die wunderbaren, liebevollen Frauen, die mich völlig zu Recht verlassen hatten, in der Hoffnung, mich gegen etwas Besseres einzutauschen. Eine geringe Hoffnung, behaupte ich – so weit mache ich mich nicht runter – kommt nicht in Frage! Der absteigende Ast zeigt auch nur zur Wurzel. Und meine Wurzel ist leidlich in Ordnung, glaub ich. Es sind die Umstände – das Pech – die Arschlöcher – die Idioten an jeder Ecke – und die kleinen Fehler, die sich häufen – nicht zuletzt die Hitze...

Es war halb acht, und alles strotzte vor Möglichkeiten. Wir gingen ruhig schlendernd Richtung Hotel. Die Luft strich weich über die Haut. Die Straßen hatten sich mit Menschen gefüllt. Überall zog man knatternd Rolläden hoch. Das wirbelte umeinander und sprühte den Teer voll mit schmutzigen Farben. Ich legte meine rechte Hand auf Lidias Hintern und wollte bei ihm schwören... Irgend etwas... Diese Stunden rochen verspielt und jung und kräftig, kannten keine Angst, tanzten wie besoffene Bergwerksarbeiter.

Unser Hotel machte von innen einen erbärmlichen Eindruck. Düster, verschmuddelt, weich, abgewrackt. Ein großartiges Haus. Dem Portier fehlten zwei Schneidezähne und die meisten seiner Haare. Seine Sätze pfiff er mehr als er sie sprach, und er grinste Lidia schweinisch an.

Wir fragten nach Richards Zimmernummer und gingen nach oben. Die Vorhänge waren zugezogen. Richard lag schräg über das breite Doppelbett gestreckt, in Unterhosen. Er schlief, oder wenigstens tat er so.

Verfluchter Schwanzlutscher! Das war gegen die Verabredung! Einzelzimmer hatte ich mit ihm vereinbart, nicht um meine Eier zu verstecken, sondern um eventuelles Sterbensgequäke zu vermeiden, das am nächsten Morgen peinlich ist und die Stimmung verdirbt. Jetzt hätte er mir beinah etwas anderes verdorben.

«Stör ihn nicht!» flüsterte Lidia mit spitzem Mund. «Er sieht soo friedlich aus...» Sie wußte von Richards Krankheit, ich hatte das kurz angeschnitten.

«Ja, so sieht der aus! Echt friedlich... Da stimm ich dir zu...»

«Gehn wir zu mir!»

Uff, Glück gehabt.

Im Flur gab ich ihr einen Kuß. Ihre Hände rumorten an mir herum.

«Hagen», sagte sie, «das ist aber ein ziemlich altmodischer Name!»

«Na und?»

Der Portier setzte einen gewissen Blick auf, als wir erneut an ihm vorbeikamen. Denselben Blick trug die erste Frau, die ich gevögelt habe, diesen «DAS IST ABER SCHNELL GEGANGEN!»-Blick. Ziemlich schelmisch. Anerkennend schob er die Lippen vor und nickte gewichtig, auf Lidia deutend, die mir vorausging. Ich grinste ihm zu. Aus Gründen, die ich nicht kenne, war er mir sympathisch. Immer noch lag meine Hand auf Lidias Hintern. Sie wohnte tatsächlich gleich um die Ecke, im zweiten Stockwerk eines Altbaus, voll verschwundener, zerbröselter Farben, knarzendem Treppenholz und dem Geruch nach Terpentin.

Lidias Wohnung dagegen war sehr modern und teuer eingerichtet. Ein lichterfülltes Atelier mit Staffeleien und ein großer Raum für den ganzen Rest. Exquisite Möbel, zackig, metallic, rhythmisch, grell. Ein Glas mit einem Goldfisch drin. Die Tür zum Atelier machte sie gleich zu, bevor ich mir die Bilder ansehen konnte. Jetzt ging es mir auch um etwas anderes.

Ihr Bett glänzte rot, mit schwarzen Kissen.

Lidia bewegte ihre herrlichen Arme in einer schwungvollen Bewegung, schleuderte ihr T-Shirt fort und preßte mich an ihre Brüste. Hinter meinem Rücken legte sie eine Kassette ein.

Der Schluß von «Rheingold». Unbeschreiblich. Der Taumel der Götter nach Walhall.

Tamm ta ta taa – Tamm ta ta taa . . .

IX

Lidia stolzierte nackt und leuchtend durchs Zimmer, schleppte eine Aura von Wärme und Leben mit sich. Sie frisierte ihr Haar, warf dem Fisch Futter ins Wasser und brachte mir eine Dose Bier aus dem Eisschrank. In dieser Reihenfolge. Bei jedem Schritt blinzelte mich ihr Pelztier an, sprang aus dem fein gekräuselten schwarzen Schamwald hervor und bewegte unmerklich die vertikalen Lippen.

Wieder begann das Blut in meinen Schwanz zu strömen, verflucht – es brannte, es stach – die Haut war schön dünn und glühte rot, durchgescheuert – war ja nichts mehr gewöhnt, dieser unfreiwillige Asket. Aber der begriff das nicht, schwoll an, übertrieb maßlos.

Ich wandte meinen Blick ab, dachte an Eiszapfen, geschlachtete Schafe und stinkende Müllhalden. Das half.

Die letztmögliche Erektion dieses Nachmittags sackte leblos in sich zusammen.

Lidia – was für eine Frau – nicht zu knapp – und ihre Geradlinigkeit besaß Würde. Die kleinen Gesten stimmten. Die Ästhetik simpler Sachen, wie Sonnen und Bäume und Felsen. Weder hilflos noch mächtig.

Vor der halben Welt würde sie als Wunder durchgehn. Später dann als Sage, Legende, Märchen. Ein Objekt der Epen. Jetzt war sie hier – da – lebendig – Fleisch – und ich horchte auf die feinen Schwingungen, die von innen kommen – die den Sätzen Farbe und Deutung geben. Sie sagte wenig, doch nie spürte ich Anzeichen von Arroganz in ihrem Timbre. Das ist mir wichtig, da werde ich mißtrauisch, höre genau hin, immer objektiver mit schwindendem Spermadruck. Ich verliebte mich weiter. Dem stellte sich nichts entgegen.

Jede ihrer Bewegungen sprühte Vertrautheit aus, war dennoch neu und aufregend, kickte die besten Filme ins Abseits. Das mußte der Anfang einer Glückssträhne sein. Ein bißchen Glück hatte ich verdient, fand ich. Lidia spannte ihre Fersen, streckte die schmalen Zehen, zog die Stiefel drüber, scheuchte sich die Locken aus der Stirn. Ein anderer Planet keimte im Zimmer.

Die Realität platzte und schälte sich wie Schlangenhaut ab. Die verschrumpelten Fetzen wurden vom Wind durchs Fenster getragen. Es staubte vor lauter zerbröckelter Vergangenheit.

Aber da war kein Wind, nicht mal ein Fenster, nur Hitze – und Müdigkeit, die sich zögernd traute, auf ihre Rechte zu pochen.

Fingernägel krallten sich in meinen Nacken.

«Es ist schon drei Uhr! Wir müssen!»

Ich verstand nicht.

«Was müssen wir?»

«Richard wird sich schon Sorgen machen.»

Warum kam sie jetzt auf Richard zu sprechen? Wollte sie mich loswerden? Nein – es sah ja so aus, als wollte sie mitkommen, mit ins Hotel... Ich fragte nicht weiter und zog mich an. Sie nahm mich bei der Hand, energisch, mit diesen weit ausholenden Schritten, die das Gefühl vermitteln, man brauchte sich um nichts zu kümmern.

Richard rauchte und kratzte sich mit der freien Hand an den Eiern, als wir ins Zimmer traten. Sein frisch rasiertes Gesicht deutete ein höfliches Lächeln an, das Überraschung nicht verbergen konnte.

Lidia setzte sich zu ihm aufs Bett, neben seine Füße, die er daraufhin anzog. Er verschränkte auch die Arme über den Beinen. Ein schüchterner Mensch. Der Blick, den er mir zuwarf, sprach deutlich: «Was will sie hier?»

«Hast du gut geschlafen? Hagen hat mir alles von euch erzählt – Wo wollt ihr denn jetzt hin?»

Gute Frage. Richard suchte die hohe Decke ab und druckste rum.

«Na ja... weiterziehn – nach Avalon.»

Diese Ausflüchte... Lidia sprang hoch und klatschte in die Hände.

«Das ist sehr gut! Ich liebe Avalon!»

Richard machte ein bestürztes Gesicht, und ich wunderte mich.

«Warst du denn schon mal dort?» fragte ich.

«Nein, seh ich so aus? Bin ich ein Geist? Was soll diese Frage? Ich weiß nur, wo es liegt!»

«Ja, wo denn?»

Sie lehnte sich gegen den riesigen alten Schrank und legte eine Hand über ihr weiches Kinn.

«Es ist in einer Landschaft mit sanften Hügeln und Pinien. Das Meer ist in der Nähe, und die Buchten sind voller scharfer Felsen...»

Richard unterbrach sie. Er war ganz bleich, das Maul war ihm auseinandergefallen.

«Heißt das vielleicht, daß du mitkommen willst?»

«Aber ja – Diese Stadt habe ich satt, ich muß endlich raus hier. Ich habe Geld gespart – Ihr habt doch nichts dagegen? Ihr seid goldig, ihr zwei, wirklich!»

Meine Glückssträhne hielt an, klopfte mir auf die Schultern – von innen. Richard sah nicht so glücklich aus. Er stammelte was. Ich gab Lidias ausgestreckter Hand einen Kuß.

«Aber... aber...»

Lidia entzog mir die Krallen und machte einen Schritt auf Richard zu. Dem krepierte das dritte «aber» auf den Lippen. Zum erstenmal in der langen Zeit unsrer Freundschaft erlebte ich seine Frauenangst live. Lidia berührte seine Schulter, und er zuckte zusammen wie ein Wellensittich, den man greifen will. In den hintersten Winkel verkroch er sich, preßte den Kopf gegen die Wand.

«Warum willst du denn nicht, daß ich mitkomme?» fragte Lidia mit Kleinmädchenstimme und großen Augen.

Richard gab sich einen Ruck, bemühte sich.

«Verstehst du nicht – diese Reise ist... etwas Besonderes... Ich kann das niemandem zumuten – außer Hagen – der ist ein...»

Er beendete diesen Satz nicht und fing neu an.

«Also – wenn wir zusammen wegfahren, dann... dann werdet ihr zusammensein – und ich, äh, ich...»

Lidia blickte ihm frontal in die Augen.

«Ich habe doch gesagt, daß ich mit EUCH wegfahren will – NICHT mit IHM ALLEIN!»

Sie hatte ihn am Wickel und schleuderte ihn rum. Mir schien es vernünftiger, die Klappe zu halten. Ich wollte Lidia bei mir haben, und ich wußte, daß ich bereit war, Richard zurückzulassen, falls nötig. Sicher, ich erschrak vor dieser Art Grausamkeit, aber es war noch viel erschreckender, an die Alternative zu denken, der geballten Wucht einer wunderlosen Zeit gegenüberzustehen. Richard sah her zu mir, bemerkte meine verhärtete, entschiedene Fresse und sparte sich alles weitere, fügte sich in die Gesetze des neuen Planeten. Einsamkeit schließt jeden Kompromiß, und Männerfreundschaft ist nichts mehr wert, wenn eine solche Frau auftaucht. So ist das nun mal.

Kopfnickend gab er auf. Lidia küßte ihn auf seine schmale, leicht hakige Nase. Ich fand das übertrieben.

Der arme Kerl unter ihrem Mund wand sich ja wie ein

Schlachttier. So was... Kein Verständnis... Ich befreite ihn und umfaßte ihre Hüften.

Böse sah sie mich an, richtig ernstgemeint zornig. Das warf einen um, es gelang mir überhaupt nicht, ihrem Blick standzuhalten und ebenfalls gemein und grausam zu wirken. Lidia machte sich los. Sie war stärker, als man aufgrund ihrer dünnen Gelenke denken mochte – und sie wollte nicht festgehalten werden – niemals – und nicht einmal körperlich – das machte sie mir klar – Sie war eine autoritäre Person – ich glaube, da schwang Angst mit, nur als Frau, nicht aber als Mensch akzeptiert zu werden. Schlechte Erfahrungen.

«Wir fahren nach Avalon!» sagte sie nüchtern. «Wir nehmen am besten mein Auto!»

«Aber...»

«Doch, doch, in Avalon braucht man unbedingt einen Wagen!»

«Verdammt, wo liegt Avalon?»

«Ihr werdet es ja sehen!»

So verließ sie das Zimmer – schön, zielstrebig, beeindruckend. Wir blieben blöd und häßlich zurück, und ich folgte ihr, wies Richard an, die Rechnung zu begleichen...

Lidia zeigte mir ihr Geldversteck. zehn oder zwölf Hunderter, in einen hochhackigen roten Schuh gestopft.

«Was passiert mit dem Goldfisch?» fragte ich.

Sie überlegte kurz und ging zu seinem Glas.

Der Fisch, der vorher stupide, regelmäßige Runden geschwommen hatte, hielt inne. Mensch und Tier fixierten sich. Rührend. Faszinierend. Immer wieder schön.

«Tja», sagte sie. «Es hilft ja nichts. Er würde verhungern...» Und sie schüttete das Wasser in den Ausguß ihrer kleinen Kochnische. Der Fisch zappelte. Sie packte ihn mit drei Fingern am Schwanz und schlug ihn mehrmals hart gegen die Herdplatte. Noch bewegten sich seine Kiemen. Lidia knallte ihm das Bügeleisen drauf. In ein Fischgesicht kann man viel hineininterpretieren, aber er sah ehrlich enttäuscht aus, fassungslos.

Mir war gar nicht gut. Lidias Gesicht wirkte so gleichgültig. Es schien ihr kaum was auszumachen. Ich mußte mich setzen. Ich sah weg. Man konnte den Blechdeckel klappern hören. Der Mülleimer war das einzig altmodische Stück in ihrer Einrichtung. Ich zog ein trauriges Gesicht, etwas theatralisch – Lidia sollte meinen Protest zur Kenntnis nehmen.

«Jetzt hab dich nicht so – war doch die einzig vernünftige Lösung!»

«Warum hast du ihn dir denn gehalten? Warum hast du ihn nicht in seinem Teich gelassen? Du kannst mir doch nicht sagen, daß du an ihm gehangen hast? Ich mag so etwas nicht...»

Da beugte sie sich herab zu mir, fröhlich schaukelten die Titten im T-Shirt, mit ausgefahrenen Warzen.

«Ich habe SEHR an ihm gehangen. Er war ein passabler Liebhaber!»

Irgendwie sagte sie das so, daß man nicht recht an einen Spaß glauben wollte. Ich stellte mir vor, wie sie den nach Luft schnappenden, in irrem Tempo zuckenden Fisch an ihre rosa Muschi hielt. Der Nonnenvibrator – so sah er aus – was sollte man darüber denken – Lachen konnte ich nicht.

Ich gab mich nicht zufrieden. Lidia als Goldfischvamp, dessen Liebhaber im Mülleimer enden, das gab kein gutes neues Dia ab.

«Hättest du den Fisch nicht einem Nachbarn geben können?»

«Die Typen, die hier wohnen, hätten versucht, ihn zu FRESSEN!»

«Das hätte wenigstens SINN gehabt!»

«Ich habe keine LUST, mit dir zu streiten! Glaub BLOSS

NICHT, du kannst mir Vorschriften machen! Bloß weil wir fünfmal GEFICKT HABEN!!»

«Sechsmal. UND WENN DU NICHT GLEICH DEINEN TON ÄNDERST – kannst du hierbleiben.»

Das saß einigermaßen. Der tote Fisch hatte mir die Fähigkeit zu bösen Grimassen zurückgegeben. Friedlich schlummerte er jetzt zwischen Kaffeesatz und Eierschalen und übertrug mir die gesammelte Wut seines beendeten Daseins.

Ich brüllte Lidia an. Sie wurde kleinlaut. Überraschend. Sie entschuldigte sich.

«Hätt ich nicht gedacht – daß du so romantisch bist...» flüsterte sie mir feucht ins Ohr. Aha. Die Welt mußte sich verändert haben, als ich gerade nicht hinsah. Schon war ich zurückgeblieben... So schnell geht das. Ich mag mich nicht, wenn ich laut bin. Ich kam mir vor wie ein Bibelprediger. Kein Wort mehr.

Lidia packte ihren Kram zusammen, und wir verließen die Wohnung. Das Atelier habe ich nicht betreten. Vielleicht war es voll von ausgestopften Fischen und anderen Bettgespielen. Nicht daran denken! Im Grunde hatte sie recht! Zweifellos! Ich hatte mich wegen nichts aufgeregt. Nur ein Fisch. Aber mein Gott, solche Art Vernunft hatte ich an einer Frau noch nie gesehn.

Ihr Auto, ein mindestens zehn Jahre alter Kadett, parkte auf dem Gehsteig neben dem Hauseingang. Kein Strafzettel. In diese faulige Gegend schienen sich die Politessen nicht zu trauen. Ich fragte Lidia, was sie auf dem Flughafen gemacht hätte. Sie behauptete, auf einer Ausstellung in Hamburg gewesen zu sein. Eine Vernissage von einem ihrer Kunden, bedeutende Galerie. Bald sei sie reich. Das gefiel mir, dieser Humor.

Richard wartete vor dem Hotel, zwischen den drei Koffern. In der Tür stand der Portier und winkte uns freundlich. Er machte mir Laune. Meine Müdigkeit war aufgeschoben. Am Himmel zogen Wolken auf, die ersten seit zwei Wochen. Lidia trat ins Gaspedal. Die Reise ging weiter. Na also. Richard kramte auf der Rückbank in einer Plastiktüte. Er hatte die Zeit genutzt und im Supermarkt Wein gekauft. Stimmig. Alles. Lidia schnappte sich eine Flasche. Das sah ich nicht so gern. Auch wenn es spießig klingen mag in manchen Ohren – ich habe eine wahnsinnige Angst vor besoffenen Autofahrern – aber ich hielt mein Maul.

Wir fuhren in südlicher Richtung. Frankfurt machte keinen besonderen Eindruck. Eine Stadt eben, wie viele. Ich wäre gern durchs Bahnhofsviertel gefahren – mag bunte Reklamen. Lidia meinte, das wäre ein zu großer Umweg.

Richard wurde zutraulich, wiegte sich auf der Rückbank in Sicherheit. Wenn Frauen ihn nicht BERÜHRTEN, war er recht umgänglich.

«Sag mal, Mädchen, wohin fährst du denn nun?»

«Zur Pforte der Unterwelt!» sagte sie geheimnisvoll.

«Aha. Und wo ist das?»

«Ihr seid aber ungebildet. Nie Cicero gelesen?»

Richard und ich sahen uns mehrdeutig an. Wir hatten beide Latein in der Schule gehabt.

«Du meinst Sizilien?» fragte ich nach.

«Ja», sagte Lidia. «Mein Vater kommt da her. Er hat mir erzählt, der Eingang zur Hölle wäre dort, das hat schon Cicero behauptet. Und mein Vater hat ihn gefunden.»

«Aber in Sizilien...», protestierte Richard. «Um diese Jahreszeit... Viel zu heiß...»

«Nicht so heiß wie in der Hölle!»

Sie war wahnsinnig. Richard und ich sahen uns noch mal an. Inzwischen befanden wir uns auf der Autobahn, Lidia fuhr wie eine gesengte Sau, und es gab wenig Möglichkeiten zu entkommen. Richard nahm einen langen, fatalistischen Schluck.

«Na gut – also – dann eben Italien. Das hat etwas für sich. Es gibt da Plätze, die ich sehr gern hab. Meinen Lieblingsfriedhof in Fiesole zum Beispiel – und wir können uns in Macerata eine Oper ansehn – und wenn es sich ausgeht, nehmen wir den Papst mit. Was sowieso meine erste Idee war.»

«Und am Schluß müßt ihr meinen Vater kennenlernen!» fügte Lidia hinzu. «Er hat es ja nie zugegeben, aber ich glaube, er arbeitet für die Mafia!»

Sie setzte zu einem übertriebenen Überholmanöver an, und ich nahm ihr den Wein weg.

Ganz schön gerissen, dachte ich. Will ihren Vater besuchen und gabelt sich uns auf, damit die Reise billiger wird. Die Liebe zeigte erste Risse. Lidia wurde mir sympathisch.

«Wißt ihr», erzählte sie, «meine Mutter war Deutsche, und als sie starb und ich alt genug war und wegging, kehrte er zurück, in sein Fischerdorf. Ich habe ihn seit vier Jahren nicht gesehen!»

«Was macht er denn, dein Vater?»

«Feinmechaniker. Er kann auch Sprengsätze bauen. Er hat viele Talente!»

«Soso.»

Mir graute vor der langen Fahrt im engen Wagen. Statt Guadeloupe nun Italien, wie es sich gehört für eine deutsche Familie wie uns. Die Autobahn war zu beiden Seiten mit dichtem Mischwald geschmückt. Lidia hatte ein fanatisches Schmunzeln aufgesetzt und fuhr mit nach vorne gebeugtem Oberkörper.

Der Todkranke hinter mir begann leise zu summen, melancholische Melodien aus den Dreißigern, die ziemlich dünn und verstimmt klangen.

Lidia legte unhöflich eine Kassette ein. Der Wagen war mit vier Boxen ausgestattet. Walküre, erster Akt, volle Kanne.

Und Richard behauptete, Richard zu heißen, weil Wagner seinem Vater so gefallen hätte.

Ich sang die männlichen Rollen mit – auswendig – und gar nicht schlecht.

Lidia war ungeheuer beeindruckt. Das war ja auch der Sinn der Sache.

X

Mit den letzten Klängen der Musik setzte Dunkelheit ein, und mit der Dunkelheit Regen. Ermüdendes Dachgeprassel, hypnotische Scheibenwischer. Man schwieg.

Die Grenzschützer zogen sich in ihre Gehäuse zurück. Sie scheuten die Nässe, winkten fast alle Wagen weiter. Österreich empfing uns mit einem Hagelsturm. Ohne Warnung. Blitze verwurzelten sich tief im Himmel, klammerten sich fest, starben zuckend unter gelben Grimassen – kamen an anderer Stelle wieder – und der Donner krachte neben uns ein – wollte uns scheuchen – links vorbei – rechts vorbei, zack! Wumm! Noch ein Walkürenritt – aus der GROSSEN Kanne – mit Wolken im Orchester – unmäßige, pralle Biester – die Hagelkörner wuchsen, schlugen aufs Dach ein – kleine Eier – große Eier – Tennisbälle – tausend Trommler in Ekstase. Schon splitterte da und dort die Windschutzscheibe, Sterne aus fein verästelten Sprüngen zeigten Treffer an.

Lidia riß den Wagen von der überspülten Straße, hinein in den nächsten Waldweg. Hinter uns knirschte und böllerte es – unbeherrschte Autos rumpelten ineinander, verkeilten sich, wumm, und noch eins, und gleich noch eins, klang wirklich gut – Der Blechsalat gab bei jedem Blitz eine tolle Silhouette ab – schnittig – kunstvoll. Auch Lidias Haut schimmerte großartig im Wetterleuchten. Wie nostalgische alte Puffreklame, Perlmutt und ein Hauch von Silber ... Die abgaskranken Bäume boten wenig Schutz – zu dürr in den Kronen – und wir bekamen's wirklich mit der Angst – wie das auf uns einprügelte – Eisklumpen – abgerissene Äste peitschten gegen das Glas – der Sturm schleuderte die Eichhörnchen durch die Luft – SCHWUPP – das sah sehr komisch aus – trotzdem – die Natur wirkte frustriert – und extrem gewalttätig – konnte uns nicht leiden – versuchte, uns mit schweren Brocken zu erwischen, dicke Bertas, deftige Kaliber, SOLCHE Tschollies... Einer der Scheibenwischer knickte um – wie ein Pappkamerad – das war gut gezielt – das stachelte die Grollgötter noch mehr auf, es zischte und pfiff und knallte aufs Blech. Ein Jaulen und Brodeln! In rasendem Staccato – ohne Geigen – Brutalomusik – mit Effektgeräten aller Art – daß man ganz kirre wurde, mitjodelte, dem vorbeifliegenden Buschwerk salutierte.

Lidia staunte mit offenem Mund und ergriff meine Hand. Richard verkroch sich unter eine Wolldecke und regte sich über den Lärm auf. Wasser quoll in den Wagen, durch jede Ritze – Lidia zog die Beine an die Brust – welch ein Anblick – das lenkte mich von der Straße ab – wo Menschen windgeschüttelt rumwuselten, die Hände zu einem löchrigen Zelt über die Schädel gespannt – nützte nicht viel – verletzt schrien sie auf, brüllten mit piepsigen Stimmen gegen das Konzert an. Unförmige Küken unter den Flügelschlägen des Vogels Rock.

Ein Röhren – ein Heulen – Die Böen schmissen Erdbrokken auf die Fahrbahn, die in kleine Teilchen zerstoben und Rondo tanzten, den Asphalt zudeckten. An manchen Stellen sah es aus, als sei eine Odelkarre umgekippt, als wolle die Erde verlorenes Territorium gutmachen.

Lidia amüsierte sich gut; sie grinste, auch wenn ihre alte Kiste gerade arg verprügelt wurde, an allen Fronten ächzte, klapperte – ZACK! und die Heckscheibe barst – das Hinterteil des Wagens stand am verwundbarsten bloß – ein Scherbenregen ergoß sich auf Richard, die Wolldecke kam ihm jetzt zugute – auf dem Stoff glitzerten die Fragmente – zusammengekrümmt lungerte Richard zwischen funkelnden

Juwelen – es sah ganz prächtig aus – als habe eine gute Fee auf ihn gepinkelt – das hing an ihm wie Tautropfen – Glamour, Glitter und da oben Milliarden Volt, zu Showzwekken verpraßt – früher hat man damit wenigstens noch Monster belebt – und heute? Die Musik des Sturms setzte zum Schlußangriff an, volle Wucht – ein bißchen Crescendo, kurzgefaßt – und Attacca! Bläser und Pauken! Alles drischt auf die Zuhörer ein! Kawumm! Keine Gnade! Das Wagendach senkt sich! Das dröhnt und wogt, die Lichtfetzen zerreißen jagende Wolken, und noch mal die Becken! Die Vibraphone! Ächzende Bässe – tiefes Stöhnen – ein Säuseln in der dritten Oktave – ich dachte an Cancan-Tänzerinnen, die spermaverklebte Schenkel über vermoosten Grabsteinen schwingen, das hätt ich gern gemalt – jetzt hört man die Triangel raus – es differenziert sich, verrauscht, atmet ein, Ruhe, leises Echo hinter dem Berg, ein Brummeln in Ohren und Bäumen bleibt…

Lidia entzog mir ihre flinke Zunge und bewaffnete sich mit der Taschenlampe aus dem Handschuhfach. Gemeinsam untersuchten wir den liebenswerten alten Opel. Er erinnerte an Eierkartons, oder an Haut – nach dem Angriff eines Bienenvolks. Nur Dellen – oder Beulen – man konnte es so und so sehn. Die Windschutzscheibe war kaum mehr durchsichtig, aber immerhin nicht geplatzt – die Hauptsache.

Wir fegten das Strauchwerk vom Dach, es hatte sich in seiner Angst überall festgeklemmt. Bis zu den Knöcheln standen wir im Morast, es schlappte und saugte und schmatzte an uns.

Richard setzte sich unendlich langsam auf, schüttelte die Scherben von sich, sah sehr verstört aus. Für einen Todkranken ließ er es an Gelassenheit fehlen.

Wir kratzten mit einem kräftigen Zweig die letzten Reste

aus der Heckscheibenfassung. Man mußte vorsichtig sein, diese Glasviecher bissen und schwenkten die Messer, wir fegten sie hinaus oder von der Rückbank auf den Boden.

Wir hatten sicher nicht alle erwischt und rieten Richard, während der Restfahrt möglichst regungslos zu verharren.

Er fluchte, was das Zeug hielt. Er konnte einem auf die Nerven gehn. Jetzt heulten die Martinshörner an, wedelten ihre Blaulichtratschen durch die Ferne.

Die Wracks auf der Straße wurden inspiziert, die Besitzer stritten miteinander – klar, bei dem Chaos war an eine Klärung der Schuldfrage nicht zu denken, und jeder wollte den großen Reibach machen. Nebenbei tröstete man die Verletzten und behandelte sie ambulant... Keine schlimmeren Sachen, man regte sich mehr über den metallenen Schrott auf.

Es dauerte eine halbe Stunde, bis ein monströses Räumfahrzeug Blech, Morast und Äste beiseite schob und die Fahrbahn einspurig freigegeben wurde.

Wir drei rauchten ruhig zu Ende. Die Zigarette danach. Man konnte sich beschweren, natürlich – alle möglichen Einwände vorbringen – aber es war großes Kino gewesen – originell, spannend, gedächtnishaftend.

Es hörte auf zu regnen, und da wir uns am Berg befanden, verfloß die Überschwemmung schnell.

Endlich herrschte eine erträgliche Temperatur.

Der Mond tauchte kurz zwischen den Wolken auf.

Ich fühlte mich großartig. Angespannt wie ein Sportler vor dem Wettkampf. Lidia zeigte die Ruhe einer Statue, nur ihre Finger bewegten sich dann und wann und ihre Lippen, die den Rauch einsogen und ihn spitz wieder auspusteten. Ich war verdammt stolz auf sie, und ich war stolz auf mich, eine solche Frau an mich gebunden zu haben – nun schon einen dreiviertel Tag lang! Es war also noch etwas in mir, vielleicht nur Schein, nur Abklang, na ja, immerhin... Es war so ein Moment, in dem man sich wieder überlegt, in seinem Leben eine langgezogene Kurve unterzubringen, raus aus der Bahn.

Dann dachte ich daran, wie sehr es mich ärgert, wenn Leute – und die Intellektuellen besonders – die größten Spießer – von der Feigheit der Trinker reden. Es gehört mehr Mut dazu, acht Stunden zu saufen, als acht Stunden in die Arbeit zu gehn. Ich weiß es. Wer das bezweifelt, hat keine Ahnung. AH! Das ist ganz unwiderlegbar! Ich hasse sie, die nüchternen Vegetarier, diese eingebildeten Klarsichtdenker, die eitlen Angeber, die an die Gesetze ihrer konstruierten Logik glauben. Widerlich ist das! Man sieht ja, was dabei rauskommt! Größenwahnsinn mindestens. Das soll bloß keiner leugnen! Manchmal, wenn ich arg besoffen bin, schwätze ich gerne, nutze den Zustand, freue mich, weil ich alles sagen kann und mir keiner ein Wort glaubt! Auch die Wahrheiten nicht, oder was ich dafür halte. Ist das beruhigend!

Ich grinste Lidia an. Sie verstand meine Gründe nicht, denn ich hielt das Maul. Sonst würde Richard wieder dazwischenquatschen! Bestimmt! In letzter Zeit gab er allem seinen Senf dazu. Manchmal konnte man denken, er wünschte sich einen Jünger bei Fuß, der das Vermächtnis mitschreibt, die letzten Worte, die gesammelten Lebenserfahrungen, den Extrakt! Das muß ich mal erwähnen! Das kam bisher so klar nicht raus! Einem Fremden wäre das vielleicht nicht aufgefallen. Aber es gab die Zeit, da Richard wirklich LEISE gewesen ist – nicht, weil er nichts zu sagen hatte – Jeder hat was zu sagen – und annähernd gleichviel – den meisten fehlen nur die Worte – die Gedanken über Worte – die Sprache – so ist das . . . glaube ich. Ganz sicher bin ich mir nicht.

Wir schnippten die Kippen in den Sumpf.

Richard grummelte, ihm sei kalt. Das ist so ein Beispiel! Was sollte man damit anfangen! Sollten wir ihm auf der

Rückbank ein Feuer machen? Oder was? Glücklich die Hitze hinter uns, und ihm paßte es immer noch nicht! Ich war ein wenig aufgedreht, gab der Sache zuviel Gewicht.

Lidia ließ den Wagen an. Der zitterte noch, stand unter Schock, aber das Vehikel hatte Pflichtgefühl – muß man sagen –, er rang sich durch, heulte auf, kraulte durch den Schlamm, holperte an Gendarmen und Notarzt vorbei, stemmte sich die Serpentinen hinauf. In den Wäldern leuchteten die Hagelhaufen wie Schnee.

Richard nahm eine Pille. Ich sah es im Rückspiegel.

Aufregung – Ernüchterung – die Schmerzen nutzten das gleich aus. Böse Metastasen balgten sich in ihrer Ungeduld, hüpften auf seiner Leber Ringelreihen.

Der Stoff zeigte bald Wirkung.

Richard lümmelte schlaff am intakten Seitenfenster, glotzte in die Nacht hinaus und war nicht mehr fähig, auf einfache Fragen einfach zu antworten, er schweifte ab, verfiel in langes Nachdenken, dehnte unnötig Sätze und Silben, lief auf halber Geschwindigkeit. Er trug die einzige Uhr im Auto, und auf die Frage nach der Zeit begann er, über die Zeit an sich zu philosophieren. Da kam er vom Mittelalter ins Mesozoikum und jagte von dort ins Universum hinab. In die Tiefen des Alls! Und wieder zurück, kaum gealtert; während wir inzwischen ziemlich müde geworden waren.

Ich tu ihm jetzt viel Unrecht an. Vor ein paar Stunden zum Beispiel, in den Pausen zwischen den Walküreakten, hatte er als charmanter Geschichtenerzähler brilliert, der selbst auf einem marokkanischen Marktplatz hätte Erfolge feiern können.

Sicher, mir hing das längst zum Hals raus, diese Oldies am Schluß des Programms, Höhepunkte der Karriere, Hits aus vierzig Jahren... Lidia dagegen hatte noch keine seiner vielen Komitragödien gekannt und sich großartig dabei amüsiert.

Besonders, als er berichtete, wie er es mit fünfzehn Jahren getrieben hatte, zum erstenmal, mit einem Schulfreund, gegenseitig geblasen und so, und die Mutter jenes Knaben kam unvermutet auf den Speicher, griff entsetzt zum Holzscheit und trieb es mit ihnen, aber viel böser, und sie brüllte dazu – mit fettgeschminkten Lippen und blendend dritten Zähnen. Das sah aus, dieses Maul – ROT WEISS SCHWARZ WEISS ROT. Viel schlimmer als die Schläge. Ich kann das nicht so gut erzählen. Es ist seine Geschichte. Eine seiner traurigen, guten Geschichten.

Während Richard jetzt aber auf Dalís schmelzende Uhren zu sprechen kam, degradierte ich ihn zum Hintergrundgeräusch und forderte Lidia auf, von ihrem ersten Mal zu erzählen. Ich glaube, man erfährt dabei viel von einer Person, wenn sie nicht lügt.

«Mein erstes Mal? Da war ich siebzehn...»

Sie sagte nicht dazu, wie alt sie jetzt war. Ich fragte nicht nach.

«Na ja... siebzehn also und Torschlußpanik, immer noch Jungfrau, ich fand das damals unnormal, und eines Abends bin ich auf eine Party gegangen – mit dem festen Vorsatz! Ich hab mir den Schlanksten rausgesucht, weil ich Angst hatte vor dem Gewicht, das da auf mir zu liegen kommt – stellt euch das vor... Ich habe mich zu ihm gesetzt, und er verstand nicht recht, er wollte nicht verstehen... Sie waren alle schüchtern, die Jungs, wenn man selbst die Initiative ergriff. Er langweilte mich... ich wollte von ihm nichts haben... er sollte mich nur endlich zur Frau machen... Und trotzdem glaubte ich an die Liebe! Nun – irgendwann hab ich ein wenig an ihm rumgedrückt, und er fummelte zurück – ich wollte ein gutes Gefühl haben – und prompt knutscht er mich ein bißchen – kommt ein Gefühl raus. So einfach war das – eine furchtbare Situation, umwerfend, umstürzlerisch, warf mir alles über den Haufen. Ich habe mich verliebt in den Typ... Wirklich... Es hätte jeder sein können! Und du?»

Meine Zunge fühlte sich schwer an. Keine Lust zu sprechen.

«Ach», sagte ich. «Kann mich gar nicht mehr richtig erinnern. Es ging alles zu schnell. Eine Nutte vom Kudamm. Weil ich ein Mann werden wollte. Dasselbe in Hellblau...»

Wir hatten so eine Art Gipfel erreicht, und die Straßen wanden sich bergab. Lidia zeigte eine erstaunliche Ausdauer. Ich beobachtete sie. In ihren Augen lag keine Schwere. Sie hatte es offenbar eilig, nach Sizilien zu kommen, und fuhr nach wie vor schnell und konzentriert.

«Richard...», fragte sie jetzt nach hinten. «Was glaubst du eigentlich, warum du schwul bist? Ich meine – es gibt doch da immer Gründe – in der Kindheit, im Elternhaus, in der Erziehung, im Essen von mir aus...»

Richard dachte lange nach.

«Keine Ah-nung», fiel ihm dann ein. So ein Glück.

«Aber du bist es gern – oder?»

«Glaubst du – ich hätte et-was ver-paßt?»

Dieser Satz regte Lidia irgendwie auf. Richard hat mal behauptet, die meisten Frauen verhielten sich gegenüber Schwulen genau wie Männer zu Lesben. Feindlich. Wut über Mißachtung. Sie verstecken es nur besser.

«Du würdest also lieber mit Hagen schlafen als mit mir?»

O Gott. Was sollte diese blöde Fragerei? Ich machte die letzte Buddel Soave auf und setzte an.

«Na – ja – wenn ich mich – entscheiden – muß...»

«SOSO! Und was meinst DU dazu?»

Was sollte ich dazu meinen? Das ging mir auf die Nerven.

«Wenn du's drauf anlegst, ihn zu missionieren, würd ich mit der Therapie so beginnen: Verbind ihm die Augen und lutsch ihm einen, er kann sich dann vorstellen, du wärst ein Mann.»

Wütend blinzelte Lidia mich an. Der Opel schlingerte ein bißchen.

«HEE, RICHARD! SOLL ICH DAS TUN?» rief sie nach hinten. «WENN DU WILLST, DANN TU ICH'S!»

«Ach – lie-ber nicht. Ich hab keine Phan-ta-sie...»

Diese Antwort freute mich.

Vor Zorn aufschnaufend, lenkte Lidia den Opel auf einen Rastplatz, nahm Richard die breite Wolldecke weg, ging ins Gras und wickelte sich ein.

«ICH MUSS JETZT SCHLAFEN!» rief sie und drehte sich um.

Richard und ich blieben im Wagen und tranken den Soave leer.

Die Morgendämmerung kam hoch, in leichtem Nebel.

Lidia beeindruckte mich, wie sie so im Gras lag, ganz unfeierlich. Die meisten Frauen, die ich gekannt habe, waren so bequem gewesen, etepetete. Komfortbedürfnis. Ein Prosit auf Lidia! Und jede Minute mit ihr!

Der erste Vogel stimmte sich ein.

Wir redeten über Insekten und, als Richard wieder klarer wurde, über das Ende der Popmusik, egal ob Industrie oder Independent, das wir beide für die nächsten Jahre erwarteten. Etwas ganz Neues mußte kommen, wie die Oper oder der Jazz oder der Rock 'n' Roll, aber keine Ahnung, wie das aussehen würde. Richard meinte, er werde das ja nicht mehr mitkriegen, und schon hatte er geschickt auf sein bevorstehendes Ableben übergeleitet. Einmal zuviel... Langsam fragte ich mich, was wir eigentlich in den letzten acht Jahren alles besprochen hatten? Was konnte das gewesen sein? Belanglosigkeiten? Sicher nicht, aber ich konnte mich im Moment kaum erinnern. Klar, das ganze Leben ist Sex und Tod und Hosen voll – da fällt alles drunter –, und übers Ficken war mit Richard sowieso nicht gut zu reden. Zwei der großen Themen hatten wir uns bisher gespart. In die Rubrik «Hosen voll» fiel alles andere, vor allem unsere Träume, unsere Phantasmagorien, all die Reaktionen auf unsere Angst und Existenz.

Er forderte mich jetzt zu einem Schwur auf – muß man sich vorstellen, um diese Uhrzeit, während ich dem Vogel zuhörte –, daß ich nicht zuließe, ihn auf einem Friedhof zu begraben. Irgendwo im Wald sollte ich ihn einbuddeln. War ihm ganz egal, wie ich das anstellte. Nicht mal sein Lieblingsfriedhof in Fiesole, von dem er dauernd schwärmte, war gut genug. Nur der Wald, wenn möglich Laubwald – auf einer Lichtung bitte ... und tief ... Er schnappte über – offensichtlich ... Und das verteidigte er auch noch!

«Wenn du erst mal tot bist, bist du dümmer als der Stein jedes Denkmals! Dümmer als jeder Dorfdepp! Deshalb feiert man die berühmten Toten! Weil man besser dran ist! Ich will nicht neben den anderen Vollidioten liegen! Das ist meine Art, mich zu feiern! Meine Eitelkeit! Kapier das doch!»

Nein.

«Richard, das verwundert mich ... Manchmal kommst du mir vor ... also – ‹Lächerlich› ist gar kein Ausdruck ...»

«Du machst es also nicht?»

«Nee.»

«Du bist auch so ein Dorfdepp! Total untauglich! Du hättest es mir doch bloß glaubhaft versprechen müssen! Wie ich mich gefreut hätte ...»

Ui – da hatte er recht – zweifellos.

«Warum hab ich eigentlich DICH mitgenommen? Wird ja alles nur noch schlimmer!»

«War ja sonst keiner mehr da», gab ich trocken zur Antwort.

Jetzt hielt er das Maul. Das ging ihm nah.

So konnte das nicht weitergehn. Man würde in der nächsten Stadt einen Lustknaben auftreiben müssen. Oder wenigstens diese gute, teure Sorte Retsina! Mehr von den Pillen! Irgendwas! Ich hielt das nicht mehr aus!

Immerhin ergab sich kein weiterer Dialog.

Er drehte sich ab und schlief auf dem Fahrersitz ein. Wie wohl diese Stille tat! Zwar legten jetzt Vögel aller Arten los, und die Urlauberwelle rauschte gleichmäßig am Rastplatz vorbei, aber ich sah auf die andere Seite, über Lidia hinweg. Zwischen den weit entfernten, hohen Gletschern beobachtete ich die Sonne. Sie ließ die Gebirge rosa flimmern.

Ich hatte noch eine halbe Packung Zigaretten.

Es war wunderschön.

Mit zusammengepreßten Augen fixierte ich den Lichtball. In meinem Kopf herrschte eine herrliche Leere.

Diese Sonne an diesem Morgen – sie war gut und warm und weich – ich setzte mich hinein. Sie gab leicht nach.

Stundenlang blieb ich so sitzen.

Lidia fand mich mit steifem Nacken, kurz vor dem Mittag. Sie entschuldigte sich für irgend etwas, und ich verstand sie nicht und nahm sie in die Arme.

In diesem Augenblick beschloß ich, nie mehr schlafen zu wollen.

XI

Sobald aber der Wagen anrollte, begann es zu pochen in meinen Schläfen. Die Müdigkeit raste durchs Hirn und mähte alle Empfindungen um. Blanke Gewalt. Es soll im Mittelalter Leute gegeben haben, die zwanzig Jahre nicht schliefen. Sie wurden dafür heiliggesprochen. Ein Heiliger zu werden ist das dümmste Berufsziel, das man sich vorstellen kann. Ich fiel in tiefe Traumlosigkeit.

Kurz erwachte ich, als wir die Wetterscheide passierten. Im weiten Tal, mit dem Italien beginnt. Es sprengte die Augen. Der Glanz des Lichts wurde schärfer, die Luft trockener. Das Metall der Brücken war alt und braun vom Rost, und die Straßen zeigten Flecken, Ausbesserungen, Risse – sahen fast menschlich aus. In der Landschaft lag ein neues, helleres Grün, ohne Nadeln, Trauer und faustisches Element. Wir kamen am ersten Weinberg vorbei.

Friedvoll und kräftig hing er da rum.

Ich gerate in Verzückung, sobald ich einen Weinberg seh. Unter jedem Vorwand geh ich hinein, zwischen die schön gezackten Rebenblätter, zwischen die protzigen kleinen Edelsteine der roten und grünen Trauben. Ich möchte alle Gebirge zu Weinbergen machen – das ist ein Licht! Ein Glühen über weicher Erde, in der man tiefe Spuren hinterläßt. Das gräbt sich ins Hirn. Das Schaukeln und Zittern der Farben – ein Zauber – macht mich ganz fertig – die vielen winzigen Schatten – sie dübeln sich ins Gemüt! Die Ruhe! Der Hang – auf dem man schräg schreiten muß – die hölzernen Stöcke, um die sich die Früchte winden, wachsen, quellen.

Erlösungsgeschichten! Tannhäuser! Aber sicher! Es wogt in den Weinbergen ganz zähflüssig – fast starr. Ich sah Bauern gebückt hindurchkriechen und bildete mir ein, das Summen von Fliegen und das Saugen von Käfern zu hören.

Wieder sackte ich weg.

Beim nächsten Augenauf hatten wir schon die Poebene erreicht. Unverwechselbar – flach und blaß – mit diesen vielen vereinzelten Gehöften inmitten der dichten Infrastruktur. Alles wirkte sehr geordnet und überzivilisiert – die Strommasten fallen einem ins Auge wie nirgends sonst, und der Horizont ist dunstig vom Industriequalm. Dennoch vermittelt die Gegend den Eindruck einer menschenleeren Weite.

Ich bat Lidia, in Richtung Fluß zu fahren, von der Schnellstraße runter, einen ungeteerten Weg hinein, zwischen schachbrettartig gepflanzten Pappeln durch, Tausenden davon. Sie gaben den seltsamsten und spärlichsten Wald ab, den man sich vorstellen kann. Der Weg endete in einer sandigen Mulde. Hinter uns wallte ein Schleier von weißem Staub. Die Schlaglöcher hatten mich vollends wach gemacht. Ich rauchte eine Filterzigarette an und schmiß sie gleich weg. Es schmeckte nach feingekörntem Sand. Wir stiegen aus und suchten den Fluß, fanden aber nur sein leeres Bett. Er war ausgegangen.

Bleiches Geröll und ausgewaschene, weit überhängende Ufer, nackte, bloßgelegte Baumwurzeln, die sich gerade noch an den Böschungen festklammern konnten.

Der nächste Frühling würde sie mitreißen.

Das Flußbett, in mattem Weiß, lag voll schwarzem Geäst, verfaulendem Laub und weitverstreutem Abfall jeder Sorte.

Wir entdeckten so was wie ein Hauptrinnsal und einige von jeder Verstärkung abgeschnittene Pfützen, zum Verdunsten verurteilt. Dieses Wasser stank. Insekten ruhten darauf aus. Große blaue Libellen erhoben sich, als unsere Schritte in den Kieseln knirschten. Sie sahen schön und gefährlich aus.

Unser Blick fiel auf Kartons, Flaschen, verbeulte Haushaltsgeräte, Benzinkanister. Wenn man die richtige Stellung einnahm, war der Pappelwald zu beiden Seiten des Ufers kilometerweit durchschaubar. Nirgends drohte ein Haus oder ein Mensch. Es herrschte eine müde Stille.

«Das muß ein Nebenzweig sein», sagte Richard.

«Hoffentlich», antwortete ich, obwohl ich den Anblick um mich herum mochte. Er strotzte vor Krankheit, ja, aber er war durchaus nicht häßlich zu nennen. Das Nebeneinander von Natur, Zerstörung und Dreck hatte etwas an sich – das gewaltige, unaufdringliche Bunt des Unvollkommenen, Unreinen. Die schwarzen Lachen, in denen die Fliegen ihre Eier ablegten. Die Rückstände von Teer, der funkelnd und klebrig in der Sonne glänzte. Vogelfedern darin. Zerrissene Verpackungen, zerschlagene Fernseher. Und darunter dieses helle Beige der Kiesel und der Sandbänke, trocken und hart.

Lidia ging barfuß. Sie mußte sich einfach eine Scherbe eintreten. Ich knotete ihr dünnes weißes T-Shirt um die Ferse. Schnell füllte es sich mit Blut. Barbrüstig humpelte sie weiter, einen Arm auf mich gestützt. Blut macht mich schwach in die Knien. Ich sah in den wolkenlosen Himmel und stolperte. Lidia fiel auf mich und nannte mich einen Tolpatsch. Ich fand das nicht gerecht. Wer hatte die blöde Idee gehabt, auf diesem Schlachtfeld ohne Schuhe zu spazieren? He? Wer?

Richard rief nach uns – er brüllte vehement, als wir keine Reaktion zeigten. Er stand in der niederen Sonne, man konnte nichts erkennen. Es war auch nicht die Richtung unseres Wagens. Er wedelte mit den Armen, schien uns etwas zeigen zu wollen, circa 150 Meter entfernt. Lidia ließ sich auf einem glattgewaschenen Stein nieder. Ich ging allein hin. Eine Schwalbe kreiste. Mit angelegten Flügeln schoß sie ins Ufergebüsch. Richard winkte noch immer, tat wichtig, als wäre da etwas, das jeden Moment dem menschlichen Auge entzogen werden könnte.

Es war ein Hund, ein Afghane, steif und tot, mit gekrümmtem buschigem Schweif. Käfer hatten ihm die Augen ausgefressen, aber sein Fell verriet noch etwas von dem seidig schimmernden Rotbraun, das diese Rasse so edel erscheinen läßt.

«Seltsam, was? Daß man ein so teures Vieh einfach hier ablädt... Sieht irgendwie nicht standesgemäß aus!»

«Vielleicht ist er ertrunken», sagte ich.

Richard guckte mich an, als wäre ich bescheuert, und deutete auf die Pfützen.

«Da drin?»

«Nein, aber flußabwärts!»

Können Hunde überhaupt ertrinken? Vielleicht in einem Strudel. Oder wenn man sie ausschickt, ein fernes Segelschiff zu apportieren, das den Horizont des Ozeans streift.

Ich hatte mal ein Schwein gesehn, das in einem Strudel kreiste, in einem Gebirgsbach. Es drehte sich und drehte sich, und sein Maul sah irgendwie glücklich aus, wie besoffen und mordswasloshier. Es hat mich angegrinst. Aber aus seinem Bauch hingen gelbe Eingeweide raus.

Wir gingen zu Lidia zurück. Ihre Wunde blutete nicht mehr, das T-Shirt hatte sich vollgesaugt, und ich fragte sie, ob sie es mir schenken würde. Ich wollte es so tragen. Es sah irgendwie gut aus, verrückt, lebendig, angsterregend.

Wir befanden uns in der Gegend von Ferrara. Der gebildete Richard erzählte, hier in diesem Landstrich sei das Lustschloß, in dem Torquato Tasso gefangengehalten wurde.

Ich erfuhr, daß ich nur fünf Stunden geschlafen hatte. Es wurde Zeit fürs Frühstück, fast sechs Uhr abends, und mir knurrte der Magen.

Wir hatten alle keine große Lust mehr, an diesem Tag noch weite Strecken zurückzulegen. Wir bogen ab, auf eine leere Landstraße. Braune Äcker zu beiden Seiten. Ausgebleichte Nudelreklamen.

Im ersten Dorf fraßen wir steinharte Pizzas. Ein winziger Weiler – kaum zwei Dutzend Häuser, aus rotem Sandstein, mit hölzernen Balkonen und Ziegeldächern.

Mir fiel ein, daß Richard einen Koffer Geld mithatte. Wo war der eigentlich? Ich fragte. Seelenruhig lag der auf der Rückbank unseres Opels mit der zerschlagenen Heckscheibe. Man konnte das durchaus leichtsinnig nennen. Aber Richard meinte, so sei das Geld am sichersten aufgehoben. Man würde bei uns nichts vermuten. Ich hielt das für einen Aberglauben.

Wir mieteten uns im verblühten Albergo des Nachbardorfs ein. Die fleckige Wand dieses Hauses hatte vor Jahrzehnten mal für Martini geworben. Man erkannte deutlich den charakteristischen Schriftzug. Die Zimmerwirtin trug einen dünnen Schnauzbart. Lidia verlangte drei Einzelzimmer von ihr. Ich bat um eine Erklärung, die mir verweigert wurde. Keine Diskussion! Keinen Streit! Sie humpelte noch ein bißchen und lief jetzt in Stöckelschuhen rum, am linken Fuß durch ein breites Pflaster verziert.

Die Zimmerwirtin brachte uns drei offene Karaffen Rotwein auf einem Messingtablett. Die gelben Punkte auf ihrem blauen Kleid zitterten unter dem Gewicht ihrer Bewegungen. Lidia sprach flüssig Italienisch und quatschte ellenlang mit dieser fetten Mama. Mir gab sie kein Wort.

Jeder von uns schnappte sich seine Karaffe. Das Abendmahl. Ich fühlte mich heruntergesetzt, deprimiert, verschaukelt. Ich verstand nichts und schlich mich auf mein Zimmer.

Es sah schmal und gemütlich aus, rustikal, auf das Einfachste beschränkt. Am Fenster rauchte ich eine Zigarette. Das letzte Segment der gelben Sonne tauchte ab. Eine ungewöhnliche Zeit, schlafen zu gehen. Erneut probierte ich es mit Balzac, nichts anderes in Reserve. Ich mußte lesen, unbedingt und konzentriert, sonst hätte ich angefangen zu schreiben. Bloß das nicht! Mit dem Gesicht eines zu allem entschlossenen Samurai schaffte ich die ersten zwanzig Seiten – mühelos. Es war nicht sehr interessant – aber ganz bekömmlich – man mußte sich nur hingeben. Noch sechshundert Seiten Einsamkeit. Ich schmiß das Buch aus dem Fenster. Es blieb aufgeschlagen liegen, im Staub. Ich beschloß, hinunterzugehen und die vom Zufall gewählte Seite zu lesen. Vielleicht war da eine Botschaft. Ich geb was auf solche Dinge. In diesem Moment klopfte es leise an meine Tür. Ich sprang hin und riß sie auf.

Lidia strahlte mich an, in einem lachsfarbenen Negligé. Sie legte mir einen Finger auf die Lippen und schlüpfte schnell ins Zimmer. Jetzt verstand ich.

Alles ganz einfach. So simpel.

Wir gingen ohne Umschweife ins Bett. Sie stieg bei mir auf. Das konnte sie am besten, und es war ein Glück – ich fühlte mich im Moment zu faul für alle anderen Stellungen.

Wir sahen uns mit unnatürlich entspannten Gesichtern an. Keiner verzog eine Miene. Aber genau das war's wohl! Das ließ unsere Körper beben, gab eine fiebrige Rhythmik ab.

Es mischte den Hauch von Verbotenem hinein – als ob niemand etwas hören dürfe – kein Stöhnen, keine quietschenden Sprungfedern, es paßte zum bäuerlichen Zimmer, so stellte ich mir die Ficks in «Madame Bovary» vor... Das hatte etwas für sich... Kein Gehampel, keine schwülstige Leidenschaft, nur kontrollierte Bewegung, die aber nicht aus dem Hirn, sondern aus den Muskeln kam. Lidias Orgasmen spürte man an einem spastischen Zucken und einem leichten Öffnen des Munds. Sie machte es sich ja quasi selbst... Ich tat nicht viel dazu... flatterte ein wenig mit der Bauchmuskulatur – das gefiel ihr.

Wieder klopfte es. Auf ein «Herein» wartete er nicht, der grobe Lackel.

Überrascht und verwirrt starrte Richard uns an. Er trug seine halbvolle Weinkaraffe bei sich und eine Packung Filterloser.

Kein guter Moment. Ohne ein Wort machte er kehrt, schloß leise die Tür. Lidia blickte mich traurig an. Ich war kurz davor – verflucht, dieser Tölpel!

«Genau das wollte ich verhindern...», keuchte Lidia. «Ich hab alles vermasselt.»

«Ja, was denn? Ist doch kein Grund zum Heulen.»

Sie sah mich durchdringend an. Nur noch drei, vier Stöße... und ich war bereit zu diskutieren. Aber ich wagte nicht, sie anzubringen. Das hätte sie mir bestimmt übelgenommen.

Ich zuckte mit den Achseln, legte die Hände unter den Kopf.

«Du machst dir alles ziemlich einfach, was?»

«Es ist doch alles einfach», entgegnete ich.

Das war meine Überzeugung. Die Leute verkomplizieren alles so. Den Sex und den Tod. Machen ein blödes Kampfspiel draus, das nur Verlierer übrigläßt. Schlechte Verlierer zudem. Sicher, man muß hin und wieder darauf eingehn, sonst wird es langweilig, also lernt man die tausend Spielregeln. Doch eigentlich hielt ich das Leben für relativ simpel und leicht zu verstehen. Nie kapiert, warum man deswegen so ein Trara macht. Lidia stieg ab. So endete das. Ich machte zärtliche Versuche, sie wieder in Stimmung zu bringen. Sie aber trank meinen Wein aus und dumpfte vor sich hin. Eine ganze Weile ging das so.

«Was bin ich eigentlich für dich?» fragte sie.

Das klang richtig vorwurfsvoll.

Was sollte ich sagen?

Daß sie ein Wunder war, wollte sie bestimmt nicht hören. Was also? Ein Mensch? Eine Frau?

Menschen sind zum Reden da, Männer und Frauen zum Vögeln. Das ist der kleine Unterschied. Das war meine Meinung.

Nur – im Gegensatz zu früher konnte ich nicht mehr so viele Menschen leiden. Bei Lidia war ich mir fast sicher, daß ich sie mochte. Und – den miesesten Charakter vorausgesetzt – hätte ich noch mit Vollgenuß ihren Körper liebgehabt.

Es gibt perverse Menschen, die das tierisch finden, und niedrig. Und das große Trara folgt, die schwere Verklärung, das laute Tamtam, die hybride Mösenmystik Nr. 9–35, die unweigerlich bei der Frage nach dem Sinn des Lebens endet.

In jenem Moment wollte ich mit Lidia nicht sprechen, das fand ich zu unpersönlich – aber wenn sie unbedingt ein Gespräch brauchte, würde ich ihr eins geben, natürlich – das nennt man Verständnis – Empfindsamkeit – groß in Mode – gehört zum verlogenen modernen Menschen.

Ich dachte also über meine Antwort nach, eine Antwort, die gleichzeitig wahr sein und sie nicht verletzen sollte.

Und während ich so grübelte, stand sie vom Bett auf und ging hinaus. Keine Geduld.

Die Karaffe war leer. Ich löschte das Licht und lag im Dunkeln noch lange wach. Der Schimmer einer Straßenlaterne füllte den hohen Raum mit Schatten. Eine geschnitzte

Maria wachte über mich, in eine Nische geduckt, das fette Jesuskind wie eine Schnellfeuerwaffe auf den Armen.

Vielleicht liegen die Dinge wirklich nicht SO einfach, dachte ich. Vielleicht war es nur bequemliche Illusion, alles radikal zu vereinfachen, zu entkleiden, bis zur Nacktheit reduzieren zu wollen und vom Endergebnis Wahrheit zu erwarten. Vielleicht waren ein paar Spielregeln schon naturalisiert, Teil unseres Ichs geworden, unauslöschlich.

Vielleicht half ich mir zu oft damit, eine gute Antwort zu formulieren – und erst danach die passende Frage zu suchen.

Man müßte einmal den ganzen Hintergrund wegradieren und sehen – was eigentlich übrigbleibt. Das Nichts tarnt sich so gut mit einem Hintergrund. Es ist unheimlich raffiniert.

XII

Am Morgen trat die Zimmerwirtin gegen die Tür, schrie irgendeinen Fluch. Sie wollte wohl, daß ich aufstand, denn man hörte es an jeder Tür so rumpeln. Überall ein Gezeter! Einige fluchten auf italienisch zurück. Seltsame Sitten.

Ich stieg aus dem Bett, trat nackt ans Fenster. Ein paar Bauern zogen gegenüber an einem Karren. Ein junger Mann in weißem Anzug flanierte auf und ab. Unser Auto stand noch dort. Ich konnte sogar den Geldkoffer entdekken. Ein Wahnsinn war das! Meine Morgenlatte schwenkte ab. Mir taten die Gelenke weh, nicht mehr sehr gut in Schuß für mein Alter. Ich kam mir unansehnlich vor und zog den Bauch ein, machte drei Kniebeugen und streckte mich.

Wir trafen uns im buntgeschmückten Eßzimmer des Gasthofs. An den holzgetäfelten Wänden hingen Dutzende farbenfroher Fußballwimpel, von Mannschaften aus Mailand, Genua, Neapel, Bari, Empoli.

Keiner meiner Reisegenossen schien sich an die peinliche Szene der gestrigen Nacht zu erinnern, beide flöteten freundliche Hallos, taten betont höflich. Mir kam das spanisch vor. Die tuschelten miteinander, diese Spaßvögel – kicherten wie kleine Kinder. Was lief denn da? Lidia schenkte mir Kaffee aus der großen Gemeinschaftskanne ein.

«Zucker?» fragte sie. Ich sagte nein und versuchte in ihrer Mimik zu forschen. Sie trug die Augenbrauen so hoch wie ein seliger Buddha, und Richard pfiff ein Liedchen.

Das sah alles sehr heimelig aus. Die freundliche Mama

mit dem Schnauzbart brabbelte dauernd etwas vor sich hin und brachte weiche Eier, Schinken, Weißbrot, gefüllte Hörnchen. Der Kaffee war abscheulich – dick und vorgesüßt. Lidia legte mir eine Hand aufs Knie und küßte mich auf die Nase, fummelte in meinen ungewaschenen Haaren, die in allen Richtungen vom Kopf standen.

«Was ist denn los?» fragte ich.

«Was soll denn los sein?» sagte sie.

«Immerhin hast du mich gestern stehen- und liegengelassen!»

«Gestern? Na und?» Sie schnippte gestern fort zwischen zwei Fingern. Und die beiden kicherten wieder.

Ich drehte mich weg. Auf dem Nachbartisch lag eine Zeitung, auf rosa Papier gedruckt. Das Sportjournal. Das Foto eines jungen Boxers strahlte mir entgegen. Er hatte irgendeine Trofeo gewonnen, und das war ein Miraculo für die Mondo sportivo. Ich las das Datum. Ein bißchen Italienisch kann ich auch. Jetzt kam mir ein Verdacht.

«Giornale di oggi?» fragte ich die Zimmerwirtin, und sie bejahte. Die heutige Zeitung.

Ich hatte Geburtstag! Und die beiden Grinsfiguren schüttelten mir die Hand, gaben mir ein Simultanbussi auf die Wangen, einer links, der andre rechts. Ich hatte das tatsächlich vergessen! Beginnt so das Alter? Daß einem so was passieren kann? Nicht möglich! Selbst Richard hatte daran gedacht. Lidia schien sich wirklich zu freuen. Die zwei hingen an meinen Schultern und drückten mich, und es fühlte sich wunderbar an. Richtig rührend! Mir wären beinahe die Augen feucht geworden! Ehrlich! Lidia quasselte mit dem Schnauzbart, und die brachte drei Gläser voll widerlichem Zeug – Grappa. Ich schluckte es runter. Man hatte mich gern! Ich spannte meine Arme um die beiden, richtig gutgelaunt – meine Familie! Die wenigen Gäste an den Nachbartischen prosteten uns zu.

Richard holte ein Präsent hervor, in Zeitungspapier eingewickelt. Es war eine Schallplatte. Die neueste von den Wipers.

«Na ja – vorläufig kannst du sie dir ja nicht anhören – aber ich hab sie schon vor zwei Wochen gekauft und mitgeschleppt!»

Mit Wehmut dachte ich daran, daß noch einige Zeit vergehen würde, bis ich mit dieser Platte was anfangen konnte. Denn meine geliebte Anlage – das letzte Luxusmöbel meiner Wohnung – war kurz zuvor im Pfandhaus gelandet – ich hatte in einer Nacht zweitausend beim Backgammon verloren und mußte die Reserven mobilisieren. Ich bin ja nur ein Kleinzocker. Richard wußte zufällig nichts von diesem Malheur, und ich ließ mir jetzt auch nichts anmerken und umarmte ihn, dankte ihm – umarmte auch Lidia – die fünf Papagalli im Zimmer glotzten ihre Beine an, und ich feixte wie ein Sieger.

Seltsam, dachte ich – daß ein Datum das alles bewirken kann. Gleichzeitig ging mir auf – der Geburtstag – das ist der Tag im Jahr – der dir gehört – an dem du König bist – an dem dich kaum einer killen kommt – eine schöne Erfindung – Schonzeit – damit steht's nur noch 364 zu EINS! Das wird ja immer besser! Großartig ist das!

Lidia flüsterte mir ins Ohr: «Von mir bekommst du auch noch was!»

Sie zwinkerte und leckte sich die Oberlippe, man konnte sich denken, was sie meinte.

Ich wußte nicht – sollte mich das freuen? Wenn ich dieses Etwas nur an Geburtstagen bekommen würde, waren meine Aussichten nicht die besten. Ich mag Frauen nicht, die ihre Sexualorgane zu Schätzen hochstilisieren, die gnädig geschenkt werden oder die man mühsam erobern muß. Da ist doch alles faul, von Anfang an. Da kriegt man ja Schuldkomplexe beim Bumsen. Es wäre mir lieber gewesen – Lidia hätte mir eine Strohblume oder eine Zigarette geschenkt, irgendwas, mit ihrem Lippenstift drauf, ein Mundabdruck – solch eine Kleinigkeit.

Aber das war jetzt egal – wir wurden schrecklich versöhnlich, albern, machten flachgeistige Witze, lachten viel – bestellten Weißwein aus der Gegend – einen ganzen Korb voll – luden die Papagalli ein – fünf Männer unterschiedlichsten Alters, vom sechzehnjährigen Schulbuben mit Scheitel bis zum glatzköpfigen Opa. Sie gratulierten mir alle, aber sie meinten weniger meinen Geburtstag als Lidia. Sie wollten mit ihr tanzen.

Jemand legte eine schmalzige Platte auf. Und Lidia tanzte mit allen fünf, preßte sich an sie, machte sie irre... Eine Walzer-Tango-Mischung. Sah hervorragend aus. Ich tanzte nicht. Ich bin nicht der Typ dafür. Aber ich seh anderen gern zu. Schließlich stand auch Richard auf und legte mit ihr drei Runden hin – höchst verwunderlich – er konnte das – er schien geübt. Und er packte sie wirklich an dabei – die Hände an ihren Hüften – hatte wohl Zutrauen gefaßt. Hinterher ließ sich Lidia auf meinen Schoß fallen, und Richard walzte glatt mit der Schnauzbart, die theatralisch kicherte und geziert mit ihrem Riesenhintern wackelte. Lidia beendete die Party.

«Wir müssen weiter! Ich werde sonst betrunken!»

Es gab eine kleine Diskussion.

Richard bestand darauf, in Fiesole vorbeizufahren, wegen seines Lieblingsfriedhofs. Also ab in die Toskana. Unsere Reise über den Stiefel würde einen Zickzackkurs nehmen. Mir war das recht.

Als wir ins Auto stiegen, machte ich den Geldkoffer auf und begann laut zu lachen. Denn alles war noch da.

Dafür waren der Kassettenrecorder und die vier Boxen ausgebaut worden. Ich lachte Tränen, und Richard stimmte ein. Bloß Lidia fand das nicht so lustig. Richard versprach ihr überschwenglich eine neue Anlage. Sobald die Heckscheibe ersetzt sei. Er übernehme alle Kosten. Er spielte Kavalier Großkotz. Lidia war's ganz recht. Alle fröhlich, steuerten wir Richtung Westen – zu den magischen Hügeln mit ihren feierlichen Zypressen.

Dort wohnten feine Farben, die gesamte Palette des Grün, in dynamischen Mischungen voll Leuchtkraft, mit gelben und orangen Blütenspritzern im Strauchwerk.

Eine Landschaft mit vielen verfallenen Gehöften, verlassenen Bauernhäusern und befestigten Bergdörfern, zwischen deren Mauern die Ranken wuchern.

Hinter jeder Biegung vermutet man die Aussicht aufs Meer. Hohe Gräser decken die Ruinen zu. Hier und da Prachtvillen. So fängt das Ende einer Gegend an, die in Mode ist.

Lidia schien die Achterbahnstrecke zu lieben, fuhr die Kurven mit allem Risiko, setzte den ganzen Körper ein, um den Wagen auf der Straße zu halten.

Ich machte mich über die vielen Radfahrer lustig, die sich durch das steile Auf und Ab quälten. Sie fluchten, als ich sie mit Wein bespritzte – alle krank – im Mittelalter hätten die sich wahrscheinlich die Rücken blutig gepeitscht. Spiel ist göttlich und Sport ist dumm. Meine Meinung.

Es war ein wundervoller Tag – nicht zu heiß – die Augen hatten genug zu tun – Wein war da – Richard erzählte eine mir unbekannte Geschichte – Lidia erwähnte, ihre Lieblingsmaler seien Picasso und Munch. Besser hätte sie meinen Geschmack nicht treffen können. Wir kamen ins Schwärmen, beschrieben Bilder, malten in der Luft, wedelten Entwürfe ins Leere – stritten über Einzelheiten.

«Du hast doch behauptet, du verstehst nichts von Kunst?»

«Deshalb kann ich doch drüber reden, oder?»

«Heißt du wirklich TRINKER mit Nachnamen?»

«Ja. Auf Formularen kann ich mir immer eine Spalte sparen!»

«Wieso?»

«Beruf siehe Name.»

«Und wovon lebst du wirklich?»

«Vom Backgammonspielen.»

«Davon kann man leben?»

«Scheinbar nicht.»

«Du spielst dich ganz schön auf!»

«Meinst du, ich verheimliche dir was?»

Lidia nickte.

Und so erzählte ich ihr von den vielen Jobs, die ich gemacht hatte; ausführlicher nur über die interessanten. Darunter der als Statist an der Münchener Oper. Damals hatte ich unter anderem in «Parsifal» mitgemacht – als Gralsritter. Es wurde höllisch heiß unter unsren Kostümen – reihenweise fielen die Kollegen um – das störte niemanden – die Kumpel lagen da in ihrer Pappe und träumten, und irgendwann – unter weihevollem Dröhnen des Chors – wurde der Sarg des Titurel geöffnet. «Parsifal» wird immer an Ostern gespielt – und der Sarg ist normalerweise leer – aber ich hatte ein riesiges blaues Osterei hineingeschmuggelt – mit Goldschleife. Die Vorstellung kam prompt ins Stocken – beim Chor fing es an – das Lachen – das Kichern – ein Grölen – furchtbar ansteckend – längst johlte das Publikum – nur die Musiker im Graben merkten nichts – aber sehr wohl ihr Dirigent – der krümmte sich – konnte nicht mehr – brach zusammen. Der bleichgeschminkte Amfortas wälzte sich auf seinem Krankenbett – so gut hatte er noch nie gespielt... Das Opernhaus lag sich in den Armen! Berühmte Solisten sanken auf die Knie, erschüttert von Heiterkeit. Der Kapellmeister mahnte zur Ruhe – ließ dabei den Stab fallen – Noch während dem ganzen Rest der Vorstellung flackerte die Komik wieder auf – hier und da – vor allem beim Chor – die erzählen sich sowieso immer Witze auf der Bühne – singen drei Zeilen und quatschen weiter – diesmal konnten sie sich überhaupt nicht mehr einkriegen – verschluckten sich – prusteten ihren Text hinaus, hielten sich die Wänste – Ich habe der Welt den lustigsten Parsifal aller Zeiten geschenkt... Ein Skandal war das... Keiner ist mir auf die Spur gekommen – und der Statistenführer hat alle verhört – ganz genau – ein cholerisches Schwein, die Falschheit in Person – und bestechlich – der Fuchtler...

Lidia wollte mehr hören. Ich erzählte vom Dach der Oper, flach und kieselbedeckt. Man kann vom Fenster der Intendanztoilette raufklettern und meine Lieblingsstraße sehn. Dichter Verkehr wogte da unten. Daneben spielten sie «La Bohème». Es war noch hell, und ich zündete ein Feuer an, aus Zeitungen und einer Papprequisite. Darauf briet ich ein Stück Fleisch und aß es auf und dachte an Ruhm und Herrlichkeit und Ewigkeit.

Von der Straße – zwanzig Meter unter mir – drangen Schreie herauf – «Die Oper brennt!», aber ich aß ruhig fertig und verdrückte mich in die Lichtgalerie, von wo ich oft den Vorstellungen zusah – aus der Vogelperspektive. Manchmal schlief ich auch in der Oper – oben im letzten Stock, wo fast nie einer hinkam – das Kuppelgeschoß – ich hätte mir da Möbel hinstellen können. Auf dem Weg zur Kantine hat mal ein langer Typ zu mir «Guten Abend» gesagt. Ich sah auf. Es war Carlos Kleiber... Junge, Junge... Das war was. Eine gute Zeit – besser als die Jobs als Packer und Mauerklopfer. Und einträglich – ich habe die Freikarten, die ich als Statist bekam, immer verkauft – für die Hälfte ihres Normalpreises – die Leute waren froh drum – aber einige Neidschweine behandelten mich wie einen vom Schwarzhandel. Schluß war's mit der guten Zeit! Die Kacke war am Dampfen – und wie! Dabei bin ich ein guter Statist gewesen – nahm das richtig ernst – man glaubt gar nicht –

wie Statisten eine Vorstellung schmeißen können – sobald der Regisseur abgereist ist, geht's drunter und drüber – jeder kümmert sich einen Scheiß, steht irgendwie rum, verhunzt das Bild, fläzt sich hin und wartet auf den Vorhang. Stellt euch das vor – ich hatte Berufsethos! So war ich! Ein Kulissenidealist! Wo sollte ich nun hin?

Mit ein paar Ersparnissen ging ich in die Zockerkneipen. So ging das weiter. Ich hab auch mal ein Buch geschrieben – keine Kopien gemacht – das Original verschickt – seitdem nichts mehr davon gehört – beim Verlag wissen sie nichts davon – wahrscheinlich ist es nie angekommen. So endete auch das. Jaja...

Lidia stoppte den Wagen und gab mir einen Kuß. Irgendwie war sie gerührt und schlängelte sich in meinen Mund. Zwischendurch nannte sie mich einen Romantiker – das verstand ich nun überhaupt nicht – Hatte ich irgendwas falsch erzählt? Sie wollte mir mein Geburtstagsgeschenk verpassen. Hic et nunc! Ich bin nicht völlig unverklemmt... Sie bestand unbedingt darauf! Jetzt oder nie! Also besser jetzt... Ich zog sie hinter eine halbzerbröselte Mauer. Da konnten Richard und die Radfahrer nicht hinsehen. Lidia öffnete mir den Reißverschluß – Sie bekam nicht viel zu tun – das ging schnell – Sie machte das passabel...

Richard guckte in die Luft und pfiff eins seiner Liedchen, als wir zum Wagen zurückkamen.

«Warte nur! Du kommst auch noch dran!» rief sie ihm zu.

Er hörte auf zu pfeifen. Die Stimmung sackte etwas ab. Wir fühlten uns alle nicht besonders. Lidia tat ihr letzter Satz leid und wollte ablenken...

«Wißt ihr... mein Vater... Er hat ein kleines Haus voll mit ausgestopften Fischen... und er hat mir von einem Nachbarn erzählt – der hat sich gesammelt!»

Unser Wein wurde langsam unangenehm warm. Lidia wartete wohl darauf, daß jemand «Na und?» sagte.

«Na und?» Ich tat ihr den Gefallen. «Ein Zen-Typ, oder wie?»

«Nein, nein – Er hat sich richtig gesammelt – seit seinem 40. Geburtstag! Seine Zähne – seine Haare... Wenn seine Haut sich in der Sonne schälte, hat er die abgeblätterten Fetzen aufbewahrt. Auch seine Fußnägel! Am Schluß besaß er allein 10 Kilo Hand- und Fußnägel!»

Richard meldete Zweifel an.

«Und die Scheiße und Pisse? Wo hat er die aufbewahrt?»

«Nein! Das war ja nicht ER – So sah er das nicht! – Das war ja nur ZU BESUCH bei ihm... Das Sperma aber – das füllte er in kleine Reagenzgläser... Allermeistens, versteht sich – er war einsam. Es gibt da Geschichten! Als sie ihm im Krankenhaus den Blinddarm nicht mitgeben wollten, hat er sich mit den Ärzten geschlagen. Die hatten den Darm verschlampt! Aber er hat weitergemacht, noch dreißig Jahre lang! Zwei große Plastiktüten mit Haar – schwarzem und weißem, seine Gallensteine in Spiritus, ein Lederbeutel von Zahnruinen...»

Wir kamen in die Nähe von Florenz.

«Der Mann hätte ein Doppelgrab verdient!» bemerkte ich. Lidia lachte dreckig.

«Wer's denkt! Die Kinder haben alles weggeschmissen. Die Müllfahrer wunderten sich.»

Da tauchte er auf, der breite Kessel des Museums am Arno. Bronzedächer glänzten in der Sonne. Wir würden außen daran vorbeifahren, in einiger Höhe. Es wehte ein kühler Wind hier oben. Ich schaute nach hinten. Richard warf eine Pille ein. Lidias Geschichte schien ihm nicht gefallen zu haben. Der Arno und seine Brücken. Der Campanile. Der Dom. Man konnte das gut erkennen. Ich mochte die Stadt nicht besonders. War schon dreimal dort gewesen – es ist einfach keine richtige Stadt. Mehr so was Unnatürliches, Zusammengetragenes, Stilisiertes. Ein Haufen Denkmäler, ein Haufen Kunst und der Rest Studenten und Touristen und Leute, die davon leben. Ich mag keine aufgetürmten Schätze. Ich mag auch keine Museen.

Fiesole ist ein Vorort, im Norden, höher gelegen. Es ist bekannt für sein antikrömisches Theater, recht gut erhalten. Kurz vor fünf kamen wir an. Es gab wenig Parkplätze. Der Friedhof lag an einer Pinienallee. Richard wartete auf ein Zeichen von Begeisterung. So toll sah das nun auch wieder nicht aus. Die meisten Steine strahlend weiß, na gut, und weiße Hallen, in deren Mauern die Urnengräber prangten, reich geschmückt, mit Rosen, Plastikmadonnen, Farbfotografien, Kränzen. Ein Boden aus Steinplatten, die bei jedem Schritt leicht wippten. Der Zaun war von Pinien und Eichen umringt. Was hier faszinierte, war die Fülle der Toten, da wurde nichts verschenkt, es war knallvoll, Kreuz an Kreuz, und dazwischen eine Statue gepreßt, winzige Wege. Die Fotografien fand ich gut. Das wirkte so persönlich. Sehr dekorativ. Viel schwarzes Schmiedeeisen. Kühle, schattige Plätze. Lidia schien gelangweilt.

«He, Richard, wozu hast du uns hergeschleppt? War das den Umweg wert?»

Richard reagierte grantig. Mit fester Stimme erwiderte er, das sei seine Reise – SIE habe sich da eingemischt! Jetzt ging das los!

«So schlecht find ich's hier gar nicht.» Ich tat versöhnlich – «Schaut mal, da ist ein offenes Grab!» Ich zeigte in eine Ecke. Tatsächlich. Sie hatten noch Platz gefunden. Über der Grube lagen Bretter. Lidia erschrak, als dazwischen ein Gesicht auftauchte – ein braungebrannter junger Mann im blauen Arbeitsoverall. Er grinste sie an und ließ ein paar Worte fallen.

Lidia redete mit ihm. Danach übersetzte sie uns: «Hier ist ein Grab aufgelassen worden. Es wird gleich neu belegt. Und der Mann hier hat nach kleineren Knöchelchen Ausschau gehalten, vom Vorgänger, damit die Trauergäste nicht düpiert werden!» Sehr interessant. Der junge Arbeiter zeigte uns zwei Zähne und ein paar Gelenkknochen. Er zog sich an den Brettern hoch und flirtete mit Lidia. Richard ließ sich hinab. Natürlich! Mußte unbedingt diese Wohnung ansehn. Der junge Mann machte eine unwirsche Geste, aber Lidia beschwichtigte ihn. Er zuckte mit den Achseln. Bitte sehr! Zu stehlen gab's da ja wirklich nichts...

«Oh, Hagen, das ist ein Gefühl! Du mußt dir das ansehn! Komm herab! Wann kommt man denn sonst schon mal hier rein! Mann, ist das kalt hier... Bilde ich mir das bloß ein? Komm doch mal.»

Er ließ nicht locker. Der Arbeiter warf lässig die Arme zum Himmel und seufzte etwas.

«Was hat er gesagt?» fragte ich.

«Er sagt, daß dieser Friedhof voller Verrückter ist und daß die Arbeit anstrengt. Noch zehn Jahre, und er kann gleich hierbleiben!»

«Drück ihm bitte mein Mitgefühl aus!»

Lidia übersetzte, und der Arbeiter schnorrte mir eine Zigarette ab.

Ich ließ mich runter, auf die wuchtigen Bretter gestützt.

«Es ist doch richtig gemütlich hier!» behauptete Richard. «Meine Mutter hätte sofort begonnen, die Wände mit Holz zu täfeln. Sie hätte ein Bauerngrab daraus gemacht...»

Die Sonne schien schräg hinein. In dieser beleuchteten Erde erkannte man übergewichtige Würmer, kurze, glänzendbraune Dinger, fett und langsam.

«Komm, gehn wir.» Ich drängte. Mir war das unheimlich. Wenn dieser Arbeiter nun beschloß, uns zuzuschütten und mit Lidia durchzubrennen?

«Ich will noch hierbleiben!»

Richard wurde eigensinnig. Nicht mal mich wollte er gehen lassen, weigerte sich, mir die Räuberleiter zu machen. Wir standen nämlich schön tief. Gut zwei Meter. Ich hackte einen Schuh ins weiche Erdreich und packte das Holz. Schon hatte ich einen Schiefer in der Hand.

«Noch ein bißchen, nur noch ein bißchen!» bettelte Richard, und ich ließ mich wieder fallen. Von mir aus... Wenn ihm so viel daran lag. Der Arbeiter schnatterte ununterbrochen.

«Was sagt er denn?» fragte ich Lidia.

«Er sagt, daß ihr langsam verschwinden sollt! Gleich kommt der Pfarrer samt Gefolge, und er würde seinen Job verlieren, wenn hier Leute mit Weinflaschen in den Gräbern lungern.»

«Also, Richard, du hast es gehört!»

«Nein, wir halten dieses Grab! Das wird ein Spaß!»

«Herr im Himmel, wenn du dir was in den Kopf setzt, lädst du's immer gleich zum Fressen ein!»

«Hab dich doch nicht so! Vielleicht können wir die ganze schwarze Gesellschaft zum Lachen bringen!»

«Wir sind kein Osterei, und dies ist keine Oper!» Ich wurde langsam zornig. Der Arbeiter wandte sich zu uns und machte eindeutige Gesten. Abhauen sollten wir! Und dalli! Ich gab ihm recht und packte Richard am Kragen! Los jetzt!

Er fand das schade – das wäre doch die erste Grabbesetzung, sagte er, man denke sich, die würden die Polizei rufen, die das Loch umstellt und brüllt: Rauskommen, mit erhobenen Händen! Ja so was von lustig.

«Hör mal, darauf steht in Italien wahrscheinlich lebenslänglich, außerdem fühl ich mich nicht wohl hier – du kommst mit!»

Der Arbeiter drohte uns jetzt, beschimpfte uns, verfluchte uns in die tiefste Hölle hinab, wenn wir schon nicht rauskamen, sollte sich wenigstens der Boden auftun, uns verschlingen, mit Haut und Haar, eine Beute des Teufels. Lidia übersetzte das brühwarm. Lebt euer Leben schneller, da hinten kommt der Pfarrer! Verrecken sollt ihr! Sofort!

Endlich gab Richard nach. Wir hievten uns hinaus. Keine Minute zu früh! Da zogen schon die Ministranten ein und schwenkten den Weihrauch, dahinter ein schmaler Pfaffe mit Brille und ein Pulk von mehr als zwanzig Trauergästen, der sich durch die engen Wege schlängelte. Wir verzogen uns in seitlicher Richtung. Eine alte Frau mit einer hexischen Nasenwarze bemerkte uns. Sah die Flaschen. Meine Zigarette! Schrie Zeter und Mordio! Blasphemie! Grabschändung! Gotteslästerung! Sakrilege aller Arten! Ein Murren erhob sich. Fassungslos starrte uns der Priester an, rückte seine Brille zurecht. Wir schlichen uns durch den Kreuzgang mit den Aschetresoren. Unter der Trauergemeinde gab es auch ein paar kräftige Burschen – die schmissen mit Steinen nach uns... Beschwerten sich im Namen der Toten! Machten sich zu ihren offiziellen Sprechern! Der Priester hielt seine Schäfchen auf – verbot ihnen jede Lynchjustiz – nicht hier auf dem Gottesacker – später vielleicht – draußen – erst müsse man die Leiche wegschaffen...

Da keiner der Steine traf, boxte ich Richard ersatzhalber in die Seite.

«Den Schlamassel haben wir dir zu verdanken, du blöder Gruftmensch!»

«Ach», sagte Richard im Laufen, «ich kannte mal eine Rentnerin, die hat auf dem Grab ihres Mannes Radieschensamen ausgestreut... Das wurden SOLCHE Dinger! Hätten jeden Preis gewonnen!»

Wir rannten durchs Tor, ein Stück die Allee entlang, Lidia trug ihre Stöckelschuhe auf dem Arm, kam trotzdem nicht so gut voran – wegen der Schnittwunde vom Fluß.

Immer noch polterten ein paar Steine neben uns in den Staub. Die Buben hatten Spaß daran gefunden – endlich mal keine langweilige Beerdigung. Lidia galten die Flüche besonders. Sie übersetzte uns jeden einzelnen. Es war wegen ihrem kurzen Rock und dem tiefen Ausschnitt. Man gönnt den Toten überhaupt nichts! Schnell in die Seitenstraße! Hinein in den Wagen! Ab! Richard lachte sich scheckig. Die Pillen mußten schuld sein! Diesmal redete er zwar nicht in Zeitlupe, dafür nistete ein Specht zwischen seinen Ohren und hackte alles kurz und klein.

«In New Orleans bestatten sie die Leute in Sarkophagen, weil die Erde zu sumpfig ist. Da machen die Angehörigen Brotzeit auf dem Schrein!»

Lidia schrie ihn an. «Halt doch mal den Mund.»

«Oh, nein, ich seh das überhaupt nicht ein! Was soll das? Ich hab dir gesagt – diese Reise ist etwas Besonderes! Die gestalte ich nach meinen Wünschen! Wenn's euch nicht paßt, dann schleicht euch!»

«Lidia – halt an!» rief ich. Sie parkte auf dem Seitenstreifen. «Bitte sehr!» Ich hielt Richard die Tür auf. Jetzt zierte er sich. Er druckste rum. Schon gut, schon gut und so... Alles nicht so gemeint. Bloß nicht künstlich aufregen... Man wüßte ja – alte Männer lügen – sie lügen alle. Er wurde ganz klein. Wir fuhren weiter. Richard entschuldigte sich noch mal. Lidia preßte die Lippen aufeinander und trat das Gas durch. Die Straße führte in Richtung Meer, in die tiefstehende rote Sonne hinein.

Richard meldete sich erneut.

«Sag mal, was hast du denn plötzlich gegen mich?» Er redete mit mir, und es klang sehr enttäuscht und weltfremd.

«Ich habe gar nichts gegen dich. Außer, daß du in letzter Zeit Tintenfaß spielst. Die Gegend schwarz färbst!»

«Ja?»

«Du läufst aus wie ein leckes Faß. Wirklich! Du könntest

im Fasching als offene Wunde gehn, die hysterisch durch die Landschaft blutet! So geht das nicht weiter!»

«Ist gut.»

Ich kam mir elend vor nach den zwei Worten.

XIII

Ich fragte mich, warum die Zoologen nicht endlich eine Sorte gutschmeckender Geier züchten – an die verfüttern wir unsere Leichen – Richard und die andern – fressen dann die gebratenen Vögel – das Ernährungsproblem der Welt wäre durch vernünftiges Recycling gelöst! Man könnte auch anders vorgehen – schmackhafte Truthähne zu Aasfressern umerziehen... Wenn ich betrunken bin, wächst meine Phantasie um ein ganzes Drittel. Lidia altert mit jeder Sekunde. Man bekam das nicht mit – die Augen waren zu langsam – aber das Wissen – daß diese Frau bestimmt war, eine furchige Vettel zu werden – ein Wegwerfkunstwerk – unvorstellbar wahr. Da mußte man jede Minute nützen – solange etwas übrig...

Nicht daran denken – es ist besser so. Leben ohne Zeit. Schönheit. Durch die Dämmerung. Ich wollte mich jung fühlen. Ich hatte Angst um meine Jugend. Konnte mich nicht erinnern, jemals ein Kind gewesen zu sein. Als ich klein war, war ich ein Liliputaner. Woran man sich nicht erinnern kann, hat es nie gegeben.

Ich streckte meinen Kopf zum Fenster raus. Der Fahrtwind betäubte Backen und Nase und Stirn. Lidia klopfte mir auf den Schenkel.

«Ich habe keine Lust, in ein Hotel zu gehn! Aber weiterfahren will ich auch nicht mehr – was mach ich jetzt bloß?»

Lidia. Eines der seltsamen, bemerkenswerten Lebewesen.

«Halt an, wo wir sind!» schlug ich vor.

Aber wir waren eigentlich nirgends.

Auf einer Straße, die von etwas zu etwas führte. Das war an sich kein Ort. Wir hätten es nicht mehr weit nach Rom gehabt. Gelbe Fernlichter zischten an uns vorbei. Ein kahler Felsen erhob sich neben dem Seitenstreifen. Wir kletterten alle hinauf. Das war in der Dunkelheit schwierig. Die scharfen Kanten schnitten sich leicht in die Haut.

Der Felsen war sieben, acht Meter hoch, mit einem kleinen Plateau, gerade genug für drei Menschen. Man konnte das Meer sehn. Es glitzerte in der Ferne, verschwommen, mit Hafenlichtern ans Land geheftet. Das mußte Ostia sein. Von dort hatten die Römer ein Weltreich erobert.

Ich kraulte Lidia im Nacken. Die Luft lag voller Melodien. Puccini oder ähnliches.

In den Spalten des Felsens wucherten Sträucher mit strengem Geruch.

«Ich möchte dir etwas schenken!» erklärte ich Lidia.

Wehmütig nahm ich Abschied von meinem Scheißhaufen aus Plastik und drückte ihn ihr in die Hand.

«Was ist das?» fragte sie.

«Ein Batzen Kacke – vom Karneval.»

«Willst du mich verscheißern?» Sie verstand nicht.

«Es ist das Liebste, das ich besitze.»

«So?»

Man hört Richard spöttisch grunzen. Ich trat ihm in die Rippen. Beinah wäre er runtergesegelt. Er wagte es nicht, sich weiter zur Sache zu äußern.

«Gib ihn wieder her!» forderte ich Lidia auf.

«Geschenkt ist geschenkt!»

«Du verstehst dieses Geschenk nicht!!»

«Dann erklär's mir!»

Ich winkte ab. Keine traurigen Geschichten. Nicht jetzt.

«Ich liebe dich ...», behauptete ich.

«Das erklärt gar nichts.»

«Dann leckmichdochamarsch!»

Ich stieg ab, suchte Halt, rutschte die letzten Meter über den schiefrigen Stein, schlug mir die Knie auf.

Verwirrt kroch ich in den Wagen, drehte den Zündschlüssel um, legte sanft den ersten Gang ein. Hinten lag der Geldkoffer. Man hätte sich eine Zeit voller Kino und Nutten leisten können. Ich hatte Angst vor der Realität und vor Frauen. Oder – nein – wer vor Frauen Angst hat, schläft mit keiner Lidia – ganz unmöglich. Ich drehte den Zündschlüssel wieder nach links.

Richard lief auf mich zu.

«Du bist nicht gut drauf!» diagnostizierte er.

«Ganz recht. Hast du Lust zu kämpfen?»

«Kämpfen?»

«Ich hab so lang nicht mehr gekämpft! Komm!»

Ich warf ihm einen dicken Ast zu. Er fing ihn auf.

«Los, greif mich an!» rief ich.

Er ließ den Ast fallen.

«Und DU nennst MICH lächerlich!»

«Aber nein – das sind doch Riten – du bist ein Dämon – das Symbol eines Dämonen – ich muß mit dir kämpfen!»

«Spinnst du denn total?»

Er wich zurück. Ich sprang auf ihn, riß ihn zu Boden, verpaßte ihm zwei Ohrfeigen. Er dachte, mit mir stoben die Pferde in die Wildnis. Er hätte mich besser kennen sollen. Ich bin ein großer Psychologe! Da! Jetzt wehrte er sich! Haute mir eine rein! Das tat weh! Das tat GUT! Wir rollten den Hang hinunter – verkeilt, prügelnd, schimpfend – ein höllischer Spaß. Ich war vorsichtig – meine Fäuste sind zu gefährlich – er merkte das nicht – er schrie, als ginge es ums Leben! Jetzt hatte ich ihn im Schwitzkasten. Lidia lief auf mich zu und trat mich – diese elenden Absätze! Es gibt wirklich Momente – wenn Weiber sich besser raushalten – machen nur Unsinn! Sie hatte mich voll erwischt – in die Hüftknochen – ich hätte schreien können vor Schmerz.

«Du blöde Sau!» brüllte ich sie an. «Was mischst du dich ein?»

«Bist du wahnsinnig geworden?»

«Nein – verflucht – du kapierst überhaupt nichts...»

«Ich aber auch nicht!» behauptete Richard.

Alles Idioten um mich herum. Lidia hätte ihm nicht helfen sollen. Das hatte viel zerstört. Ich holte zu einer Ohrfeige aus, zögerte aber. Sie würde es mir als besoffene Gewalt auslegen. Ich bin kein gewalttätiger Mensch! Tu nicht mal so – überhaupt nicht. Das liegt mir fern. Mit vierzehn – als ich zuviel Hemingway in die Finger bekam, wollte ich boxen lernen. Im Training hab ich einen Zahn verloren. Ich ließ es dabei. Richard suchte die Knöpfe seines Hemds im tiefen Gras. Idiot! Lidia warf meinen Scheißhaufen Richtung Meer. Das war gemein von ihr. Dieses Gesindel, in das man sich verknallt... Nichts stimmt, und die Erde rotiert dazu. Blöde Göre! Von nichts 'ne Ahnung!

«Kommt her!» rief ich. Sie folgten zögernd – bereit für Kompromisse – bereit zu vergessen. Zu verzeihen! Diese Arschlöcher! Ich nahm sie in die Arme – meine ganze Familie... Sie bockten – sie wollten, daß ich mich entschuldige... «Entschuldigt!» sagte ich, Scheißkerl, der ich war. Und wie sie mir verziehen! Aber vollständig! Der große Sündenablaß! Ego te absolvo... von allem, was recht ist!

In diesem Moment wußte ich, unsere Reise würde nicht gut enden. Klar wie die Nacht! Wir steuerten in die Katastrophe! Mindestens! Ich vergaß es gleich wieder und machte mir was vor – bin doch kein Masochist! Ab ins Auto!

Still fuhren wir nach Rom – in den Stau, ins bunte Leben der Nacht – an den Tiber – zu den gelben und roten Laternen

Trasteveres, die über dem Fluß zitterten. Akkordeonmusik. Laubgeschmückte Gasthäuser, mit karierten Tischdecken. Der Geruch nach Tomatensoße, mit Oregano und Thymian. Heiße dumpfe Luft, ausgediente Tenöre, gebratene Spanferkel, die die Kellner mit dem Tellerrand zerteilten. Das war wunderbar. Die verschachtelten Häuser und ihre kleinen Fenster voller Blumentöpfe. Die Alten auf den Balkonen. Man muß aufpassen. In den Touristenbezirken ist alles Nepp, und die Alten sind falsch – Wachsfiguren, fest verschraubt. Wie die ausgestopften Heiligen in manchen Kirchen unter Glas. Man muß erst um zwei Ecken gehn – da zucken sie noch – die schwarzen Balkonfiguren – die dem Lauf der Geschichte zusehn – mit ihren harten, spitzen Kinnen.

Ich mag das Geschrei und Gelärm, spät am Abend, wenn eine erste Brise aufkommt, die Kinder von den Straßen verschwinden. An den Kais gleiten die Boote vorbei. Die Türme der Kirchen sind angeleuchtet und tragen eine Aura aus Dunst und Insekten. Das Spanferkel schmeckte großartig. Spaghetti vongole davor. Die kleinen Venusmuscheln – obszön und gut und dampfend. Lidia bestellte eine Karaffe Weißen für sich allein. Sie spießte ihre Schnecken auf und ließ das Öl abtropfen, bevor sie die Viecher langsam kaute.

Fahrräder knatterten über das schrumpelige Straßenpflaster. Dann erhob sich ein Hupkonzert über der Stadt. Die Fußballmannschaft von AS Rom mußte irgendwas gewonnen haben. Die Familienväter lagen sich in den Armen. Fahnen wurden geschwenkt.

Der Wirt gab eine Runde Grappa aus. Ich trank aus solidarischen Gründen. Man brachte gleich noch eine. Das Zeug war zum Kotzen. Wie Lidia klarmachte, war eine deutsche Mannschaft besiegt worden, und man hatte Mitleid mit uns – hielt uns für gute Verlierer.

Richard saß stocksteif auf seinem Holzstuhl, ein ehrwürdiger alter Greis von vierzig Jahren. Er war noch etwas beleidigt von unserer Viertelprügelei, trug demonstrativ das Hemd ohne Knöpfe. Knapp über dem Tischrand konnte man Narben auf seiner glatten braunen Haut erkennen. Ich umarmte ihn und sagte ihm, daß ich ihn sehr gern hätte. Das machte ihm sichtlich Freude. Er schmolz dahin, bestellte Whisky und Kaffee, erzählte mir, wieviel Hoffnung er mal auf mich gesetzt hätte...

«Inwiefern?» fragte ich.

Er gab darauf keine Antwort. Wir wurden ziemlich lustig.

Ich bestand darauf, in dem Fontana Trevi zu baden. Dolce Vita! Irgendein Abschaum! Schneller! Viel schneller! Abklatsch! Zellophan! Alles voller Leute! Über die Piazza Navona!

Schulklassen lagerten sich um den großen Brunnen. Wie einmal ich! Jahrhunderte her! Und nichts war vorformuliert – die Zukunft eher leer und verknittert – ganz und gar nicht schicksalsschwanger. Richard grinste fröhlich, stand unter dem Einfluß der bunten Glühlampen. Ich zog ihn beiseite.

«Verstehst du immer noch nicht?»

«Doch, doch. Klar», sagte er.

Das klang nicht überzeugend.

«Spring mit mir in den Brunnen!» bat ich.

«Das geht nicht! Zu viele Leute drin!»

Tatsächlich. Hippies und Schulbuben planschten da rum, fischten die Münzen aus dem klaren, stimmungsvoll angeleuchteten Wasser. Dolce Vita! Für alle! Sie hatten alle davon gehört! Es war zu spät! Wir lagerten uns neben dem gewaltigen Marmorneptun. Jemand spielte Gitarre – lausig.

Ich packte mir Lidia.

«Der Scheißhaufen – er stammte von der besten Frau der

Welt! Das wird immer klarer! Und du – bist nur ein Abklatsch. Verstehst du? Wie du schon aussiehst! Wie ein Pin-up-Girl!»

Sie haute mir eine runter. Da kenne ich keinen Spaß. Ich gab's ihr zurück! Sie landete im Wasser. Gleich kamen die Leute, um zu schauen. Ihr Modellkörper zeichnete sich genau ab unter dem dünnen, nassen Stoff. Jetzt tat sie mir leid. Ich zog sie raus und preßte sie an mich. Ich hatte Unsinn gemacht. Alles tat mir leid, mich selber eingeschlossen. Lidia boxte mich in die Rippen, mit ihren kleinen Fäustchen, immer wieder. Ich lachte. Sie schlug mir aufs Maul. Da gab's nichts zu lachen. Meine Lippe blutete. Ich schleckte Lidia ab damit. Welch eine Sauerei! Das sah aus! Die Leute waren ganz fasziniert! Ich ließ mich ein wenig gehen. Man johlte. Man reichte uns einen Joint. Richard gab Interviews für Privatsender. Ich verfickter Vernunftmensch!

«Ich liebe deine Möse!» flüsterte ich der Blutbefleckten zu. «Ja, wirklich! Alles andere ist unwahr! Aber du hast eine tolle Fut! Wirklich! Hübsch rosé, und die Form eines Blütenkelchs! Voll Anmut und Stil! Ehrlich!»

Monoton schlug sie mich zusammen. Sie gefiel sich dabei. Das war deutlich zu sehn. Sie lächelte grausam. Dann küßte sie mich. Es schmeckte nach meinem Blut. Alles sehr expressionistisch – lag schwer im Hirn – tanzte was zusammen – mit klappernden Knien. Hand in Hand zogen wir durch Rom – zum Kapitol – alle drei – und ich in der Mitte – der Mittler – das schritt sich gut ab. Ja, da oben war sie – ich zeigte – meine Traumwohnung. Heute hing keine Wäsche draußen – kann man ja kaufen – kein Problem. Eine geziegelte Kirche erhob sich mächtig in den Himmel. Eine wunderbare Stadt! Sogar der Papst darf nicht fehlen! Auf keinen Fall! In einem Straßengraben hatten wir uns gern – zu dritt – neben einem Zeitungskiosk – eng umschlungen.

Rom war ein Fest! Ein lateinisches Treiben! Mit allen Raffinessen! Und Orvieto dazu!

Richard ging mir an die Eier. Das machte mir nichts aus. Jedem seinen Spaß. Ich drang bei Lidia ein. Die Straße stank nach Müll. Alle Passanten wandten sich ab, gingen weiter. Das war ein zu starkes Stück! Vor den versammelten Göttern! Man rief nach den Bullen. Irgendwas taten wir den Leuten zuleide. Sie litten unter uns – eindeutig – sie krümmten sich unter unserem Anblick – wir taten ihnen weh – wir mußten interruptus und flitzen. Schon wieder! Kein gastfreundliches Land, aber mildes Wetter! Ab ins Forum Romanum! Über den Zaun, hinein in die Antike! Unter die Triumphbögen. Auf den Tempelgrund! Verborgen hinter Kastanien und Feigenbäumen. Dort war alles Vergangenheit. Niemand außer uns.

Lidia ging Richard an die Hose. Sie machte ihre Drohungen wahr. Er wehrte sich nicht lange. Sie war zu energisch, und ihr ziemlich großes Maul stülpte sich über seinen schlaffen Kleinen. Ich sah mir das mit gemischten Gefühlen an. Sie brauchte lange. Sie war ja eine Frau und er sturzbetrunken. Ich warf ihr den Rock hoch, schleckte ein bißchen, stieß sie von hinten. Welch ein Gleiten! Das ging gut. Und die Sterne! Ich sah mir immer wieder die Sterne an. Den kleinen und den großen Wagen. Und den Rest. Mehr Bilder kenne ich nicht.

Das Altertum wurde lebendig. Das Stöhnen aus den Ruinen. Was war hier schon alles passiert! Dort drüben stand die Rednerbühne, dort hat man Ciceros Kopf aufgespießt. Was für ein Abgang für einen Rhetoriker! Die Geister aus zweieinhalbtausend Jahren sprangen mir auf den Buckel, materialisierten sich zu weißem Saft. Ganz unheimlich! Dieser Fick nahm historische Dimensionen an – alle Last der Welt nahm ich auf mich und gab sie an Lidia weiter. Das mußten Liter sein, das quoll an den Seiten heraus. Ich war ein Teufel und Lidia die Hexe dieser Nacht. Die Heuschrecken machten einen Höllenlärm. Richard lag ganz erledigt da, an eine Mauer gelehnt. Ich glaube, es ist uns allen gleichzeitig gekommen, wir stolperten übereinander und entwirrten uns keuchend. Wir schauten in verschiedene Richtungen. Keiner fühlte sich wohl. Es war so ein Augenblick, in dem man das Ficken satt bekommt und sich Alternativen überlegt. So was geht schnell vorüber. Lidias herrliche schwarze Locken wirkten grau vom Staub. Richard hatte Schmerzen. Er wälzte sich auf die Seite, brauchte eine Pille. Jetzt war alles geschmacklos. Vorher überwältigend, aber die Leute nennen ja das Hinterher klüger. Man mußte das Hinterher zerschlagen. Lidia spuckte verstohlen Sperma in den Sand und kauerte sich zusammen, wie ein junges Mädchen, das im Suff etwas gemacht hat, das ihr nun peinlich ist.

Ich fühlte mich leer und müde und durstig.

«He, alter Freund, wir haben nichts mehr zu trinken!»

«Ja», sprach Richard. «Ich organisiere das!»

Er erhob sich schwankend, beide Hände um den Körper gepreßt. Sein dünnes Haar hing wirr herum. Unser Auto stand weit weg. Er würde ohne Pillen auskommen müssen, statt dessen noch mehr Alkohol trinken. Und die Schmerzen würden immer größer werden. Ich hatte ihn behandelt wie ein Schwein, das auf ein Schaf hinabsieht. Im Grunde war er sehr tapfer. Bestimmt tapferer als ich. Ich finde alle Leute mutig, die leben und nichts dagegen unternehmen. Selbstmörder sind auch mutig, aber nur einmal.

«Richard, sag mal, hast du das Geld wieder im Auto gelassen?»

«Logisch. Du hast doch gesehn, daß das klappt!»

«Das ist Scheiße, das ist nicht nötig!»

«Bevor ich mit einer Aktentasche rumlaufe, sollen sie mir's lieber klauen!»

«Füll's in eine Plastiktüte» riet ich ihm. Er zog pfeifend ab.

«Warum denkst du eigentlich immer an Geld?» fragte Lidia.

«Ohne dieses Geld kann er nicht in der Sonne sein, wenn es soweit ist.»

«Wieviel Geld ist das?»

«Ich schätze, knapp vierzehntausend.»

«Und ich hab mir Sorgen gemacht!»

Schnell fügte sie hinzu: «Ihr könntet mir das Benzin nicht zahlen!» Sie rieb sich das linke Auge. Ich rückte näher ran.

«Warum hast du das mit Richard gemacht?»

«Keine Ahnung. Ich mag ihn. Er ist faszinierend. Er war nicht sehr nett zu mir. Meistens.»

«Wirst du das wieder tun?»

«Bestimmt nicht. Ich hab mich nicht wohl gefühlt.»

«Ich glaube, er mag dich.»

«Ja? Glaubst du?»

«Lidia – ich hab ihn geschlagen, weil ...»

«Vergiß das!»

Ich preßte meine Handflächen auf ihre Wangen. Das schob ihren Mund zusammen. Sah reizend aus. Eine kleine Sizilianerin.

«Hör mir zu! Wir sind früher oft zusammen in den Wald gegangen und haben gekämpft – wie die Filmhelden. Wir haben gekämpft, indem wir mit dicken Ästen auf uns einschlugen, Ast auf Ast, bis einer brach. Dann holte man sich einen neuen Ast und verlor so ein paar Meter Territorium. Das ging so lange, bis wir erschöpft waren.»

Lidia zeigte ihre grinsenden Zähne.

«Du hättest ihm mal deinen Arsch geben sollen!»

«Eben nicht! Und was ich vorhin über dich gesagt habe ...»

«Schon gut!»

«Nicht gut! Ich meine – deine Möse ist echt prächtig – aber wir müssen einen Anfang machen – denn wir sind mittendrin – und ohne Hintergrund! Das lüsterne Nichts! Das reicht für heute kaum! Ich will sagen, ich habe Angst – und ich weiß nicht genau, wovor...»

Der viele Alkohol machte mich unfähig, klar auszudrükken, was ich dachte. Vielleicht besser so.

Lidia nahm mich in ihre langen schlanken Arme. Um die Handgelenke trug sie zwei rote Plastikreifen, billiger Modeschmuck, der hinter meinem Hals zusammenschepperte. Ein angenehmes Klirren.

Ich drehte mich einmal um mich selbst, in der Mulde, von der aus einst die Welt beherrscht wurde. An einer Seite erhob sich eine abweisende Granitsteinmauer. Oben erkannte man Passanten, die vorübergingen. Vor hundert Jahren hatten hier noch Ziegen geweidet, bevor man diese Zeugnisse der Macht ausgrub. Vielleicht würden die Ziegen einmal wiederkommen.

Lidia schüttelte den Kopf, wühlte den Sand aus ihren Haaren.

«Ich hab's ja gesagt – du bist ein Romantiker! Ein Schwärmer!»

Sie machte mich melancholisch. Scheinwerfer färbten die Ruinen orange, zwischen tiefblauer Nacht.

«Unsinn!» behauptete ich. «Aber wir brauchen das! Wir tun uns einen Gefallen damit!»

Mit dem Zeigefinger fuhr ich über ihre Stirn. Sie wedelte betont lässig ihr Höschen an der Hand umher.

Man konnte die tiefen Krater im Halbmond sehn. Wir waren staubbedeckt. Ich schöpfte abgestandenes Wassser aus einem kreisrunden Becken, verteilte es gleichmäßig über unsere Körper, rieb uns mit der warmen Flüssigkeit ein.

Lidia gähnte vor Müdigkeit. Die Silben schwammen ihr durcheinander. Sie konnte sich kaum mehr aufrecht halten. Ein Rülpser kam ihr aus. Ich war hingerissen.

«Sach ma – kennst die Turandotschtory?»

«Klar», sagte ich.

«Also paß auf – ich stellder jetz drei Fragn – Wennst die weißt – kannst alles erwartn vomir!»

Aha. Das reizte mich schon. Beim Quiz war ich immer gut gewesen. Meine Herren – war dieses Weib besoffen – jetzt kam es zum Vorschein – jetzt kam es ihr hoch – sie hielt sich am alten Rom fest – riß es mit sich...

«Also – die erse Frage iss...»

«Ja?»

«FALSCH! FALSCH! VÖLLICH FALSCH!»

Sie lachte und verschluckte sich dabei, hustete Bröckchen ihres Mageninhalts von sich.

Das roch sauer. Es roch nach Betrug.

«Habbich nochma Glück gehabt!» rief sie, klappte auseinander und krallte die Finger in den trockenen Erdboden. Sie keuchte ein wenig. Wahrscheinlich begann es jetzt in ihr zu kreisen. Ich hockte neben ihr und rauchte eine Zigarette.

Mich juckte es an den Eiern. Ich ging zum Brunnen und wusch mir die Sandkörner weg. Auf der anderen Seite des Forums entdeckte ich ein Pärchen, das sich liebte, zwischen den großen, dichten Bäumen. Die Leiber leuchteten zwischen den dunklen Blättern. Wunderschön. Es ist ein phänomenales Leben. Seit über vierzig Jahren kein Krieg in Europa – und so schnell würde keiner kommen. Das ist doch was. Mir fiel ein, daß ich eigentlich nie an der Welt gelitten habe. Höchstens an mir. Und an anderen Menschen. Das waren meine Fehler, und die meisten dieser Fehler würde ich nicht rückgängig machen.

Lidia schlief. Lidia. Sie hatte auf ihre Weise recht. Ich bin ein Romantiker, ich mag die Riten und Symbole, weil ich weiß, daß wir sie brauchen. In gewissem Umfang. Das Verliebtsein zumindest. Und das Ewige. Wir sind ja bescheiden – ewig ist, was uns überlebt. Diese Ruinen zum Beispiel. Diese Stadt mit ihren Häusern und Kirchen. In Venedig hätte ich das nicht so leichtfertig hingesagt. Lidia schnarchte leise. Das konnte niemand malen.

Odet amo, quarid faciam... Die Lateiner hatten tolle Schreiber – Catull, Petron, Ovid... Es ist verdammt schade, daß so wenig Leute das lesen. Richard kam mit dem Wein an. Das war schnell gegangen.

«Was hat sie denn?» fragte er.

«Sie schläft. Und sie glaubt, sie hat gewonnen.»

«Ach?»

«Ja. Und du? Hat's dir gefallen?»

«Was? Ach so – na ja – du weißt ja, ich hab mir eben vorgestellt, es wär ein Mann.»

«Du Arschloch!»

«Meinst du?»

Er lächelte. Ich mochte ihn sehr, in diesem Moment. Mir fielen viele Dinge ein.

«Ich hab Lust auf einen Imbiß!» sagte er.

«Das ist eine gute Idee.»

«Und sie?» Er deutete auf die Schlafende, deren bleiche Beine schwach im Mondlicht glühten.

«Die liegt bestimmt noch hier, wenn wir zurück sind.»

«Na also los!»

Und wir marschierten – die Arme auf des anderen Schultern – Richtung Leben – wie es so oft gewesen war – Freunde. Eine lange Zeit hindurch.

In einem Nachtlokal fraßen wir Champignonsandwiches, unsere Flaschen mußten wir draußen leeren – im Rinnstein. Das war angenehm, denn sie spielten eine furchtbare Musik in dem Laden. Amerikanischen Diskomantsch, verblödet, ohne Charme. Ein Hund roch an mir. Es schien ihm nicht zu gefallen. Ein Spitz, der die Fresse verzog und zu knurren begann. Eine Zigarettenkippe landete neben mir, rotglühend. Mit gezierten Schritten, die wohl Laune vermitteln sollten, ging ein junger Typ vorbei, mit spitzen, gelackten Schuhen, enganliegender Hose, von der Glitterkram funkelte. Er trug ein vorne offenes weißes, kurzärmliges Hemd und Ringe an den Fingern und schulterlange blonde Locken.

Er kam sich wie ein Sieger vor. Seine Zigarette hatte meinen Kopf nur knapp verfehlt. Ich lief hinter ihm her und trat im kräftig in den Arsch. Er tat überrascht. Ich hielt meine Flasche wie eine Waffe in der Hand.

Ich wußte, dieser Typ würde sich nicht dreckig machen wollen. Ich wollte ihm auch nur ein bißchen Angst einjagen. Leute zu schlagen ist gräßlich. Und zudem gefährlich.

Der Typ zog tänzelnd ab, tarnte noch seinen Rückzug als Überlegenheit. Aber in seinem Gesicht lag Schiß um sein geschissenes Gesicht. Ich verfolgte ihn mit der Flasche, die ich an einer Kante zerschlug. Die blonden Locken flogen im Wind. Ich wandte mich wichtigeren Dingen zu.

Wir stiegen auf die Mauerbrüstung, von der man aufs Forum hinabsehen konnte. Endlich fanden wir den Winkel, von dem aus Lidias Füße zu erspähen waren. Wir hatten Angst gehabt, sie wäre in der Zwischenzeit aufgewacht – allein – und wäre los, uns zu suchen. Wir gingen auf die andere Seite, überwanden wieder den Zaun und huschten zwischen den Gebäudefragmenten durch. Lidia lag noch genauso da. Sie zitterte ein bißchen. Richard klaute die Plane, die über eine Grube gespannt war, und wickelte sie darin ein.

Wir legten uns eng an ihre Seite, gaben ihr von unserer Wärme ab. Richard war den ganzen Tag recht unfreundlich zu ihr gewesen, aber nun blickte er Lidia beinah zärtlich an.

Ich hegte den Verdacht, daß wir BEIDE in sie verliebt waren – jeder auf seine merkwürdige Weise...

Kopf an Kopf an Kopf schliefen wir dort. Neben den Resten des Titusbogens.

Die Touristen am Morgen machten viele Fotos, aber sie sprangen rücksichtsvoll über uns hinweg.

XIV

Liegestühle sind nichts für mich. Sie geben einem das Gefühl der Unbeweglichkeit. Wegen jeder banalen kleinen Sache muß man sich mühsam aufrappeln. Aber die Aussicht von dieser Dachterrasse war sehr aufregend und bunt.

Richard hatte beschlossen, ein paar Tage in Rom zu bleiben. Daraus war nun schon eine Woche geworden.

Wir wohnten in einem teuren Hotel nahe der spanischen Treppe. Lidia hatte ihren Wagen in die Werkstatt gebracht – und nicht gerade geknausert. Die neue Stereoanlage war mit modernstem technischen Kram ausgestattet. Richard gab sich spendabel. Ich mahnte ihn zur Vorsicht. Wenn wir mit dem Geldausgeben so weitermachten, würden wir im November pleite sein. Wir mußten mindestens einen Monat aufholen.

Ansonsten dachte ich wenig an den Winter. Die Vorstellung, Richards Zustand würde sich unaufhaltsam verschlechtern, ohne jede Chance einer Gegenwehr – das machte mich krank, verursachte mir mehr Schmerzen im Bauch als die, über die ER im Moment klagte. Er klagte eigentlich gar nicht.

Seine Pillen nahm er nun jeden Tag nach dem Frühstück. Anscheinend hatte sich sein Körper schnell daran gewöhnt, denn er verfiel kaum noch in außergewöhnliche Zustände. Oder er riß sich bewundernswert zusammen. Ich liebte ihn für jede Minute, in der ich den Anlaß unserer Reise vergessen konnte.

Lidias Ersparnisse waren schnell verbraucht – zugegeben,

sie hatte das ganze Benzin ausgelegt und ein paar Mahlzeiten bezahlt – nun lebte sie ebenfalls auf Richards Kosten und schien es gar nicht mehr so eilig zu haben, ihren Vater zu besuchen.

Dafür erzählte sie oft von ihm – was für ein gütiger Mensch er sei – der Bombenbastler – ein geduldiger, hundeäugiger Familienvater – verständnisvoll und aufopfernd.

Ekelhaft.

«Na und?» fragte Lidia – «Eure Väter waren im Krieg – oder nicht? – Die haben bestimmt mehr Leute umgebracht als er!»

Da war was Wahres dran. Sicher... Sie war fein raus! Aber das erklärte nicht, warum sie so vernarrt war in ihren Erzeuger...

«Ich trenne eben streng Geschäft und Privatleben!» sagte sie gespreizt. Das hörte sich lustig an. Wir kringelten uns, Richard und ich, lachten sie aus. Das hätte man sehen sollen! Sie war nicht zimperlich! Oh, nein! Verarscht zu werden hatte sie gar nicht gern... Sie schüttete uns die Getränke ins Gesicht, wir bestellten nach, und die ganze Prozedur kam noch mal. Das war Geldverschwendung. Machte wenig Eindruck. In solchen Momenten – wenn sie jedes Erfolgserlebnis vermißte – konnte sie gehässig werden. Dann erzählte sie jedem Dahergelaufenen, Richard sei schwul und ich sein bezahlter Abkauer. Da letzteres eine fiese Lüge war, eskalierte alles – steigerte sich zu Drohungen und Gebrüll. Sie konnte einen so weit bringen, sich aufzuregen – ehrlich – sie war die personifizierte Gottheit der Erregung – auf die eine oder andere Art: Das endete meist in Versöhnungsparties –

«Tut mir leid.»

«Ist schon gut. Ich habe ja auch nicht grad...»

«Nein, nein, ich muß mich wirklich entschuldigen!»

«Ach was!»

Und so weiter, den Singsang runter.

Wir unternahmen ausgedehnte Spaziergänge. Lidia hatte sich Turnschuhe gekauft und wirkte ungeheuer jung damit, verspielt, schulmädchenhaft. Rom litt unter der Hitze. In dieser Jahreszeit machen sich die Einheimischen, die es sich leisten können, auf die Socken, verziehen sich in ihre Ferienhäuser und überlassen die Stadt den Reisegruppen, die alles totknipsen, was sie erwischen können.

Die Kirchen hier in Rom – die müssen auf jeden Fall einmal stehenbleiben. Sie sind so schön kühl – alle zehn Meter kann man seinen Schweiß abtrocknen lassen.

Das Pantheon machte mich sehr pathetisch. Diese verschleierten Lichtkegel im blauen, weiten Raum. Wo jedes Flüstern Krach schlägt und durch die Halbkugel zirkelt, jeder Schritt auf dem Marmor nachhallt. Alles wird bedeutsam und man selbst vorsichtig, jeder Bewegung, jeder Silbe bewußt.

Dagegen der Petersdom – viel zu gekünstelt, zu eitel, zu groß. Man wird darin Sechstagerennen veranstalten müssen, oder Boxkämpfe. Die Reisegruppen wirkten beeindruckt, festigten ihren Glauben für eine Viertelstunde und wankten geläutert hinaus, überwältigt vom Protz und vom drangvollen Jammern der Menschheit nach Größe. Mit Leibeskräften stimmten sie ein und befahlen ihren Sprößlingen Stille und Demut. Ein raffinierter Ort. Nur «Baldachin» von Bernini mochte ich. Er brachte ein wenig Orientalik in die Atmosphäre.

Man motzte Lidia wegen ihres scharfen Minis an. Zu Recht, wie ich fand. Wenn solch ein riesiges Gebäude einen Hänger bekommt, erschlägt das ein Dutzend Leute. Wir machten, daß wir da rauskamen. Es gab viel interessantere Dinge.

Wir begegneten einem einbeinigen Bettler, der das Geldeintreiben seinem Hund überließ. Der Rauhhaardackel trug eine Schirmmütze und eine Kindersonnenbrille, machte

Männchen und preßte die Vorderpfoten um das Pappschild, auf dem in Großbuchstaben «PER FAVORE!» stand.

Ein unbezahlbarer Hund. Er verdiente mehr als alle Straßensänger zusammen. Die Menschen konnten sich nicht satt sehen dran. Das fehlende Bein des Besitzers fiel ihnen kaum auf. Sie berappten willig – alles Kleingeld – sogar ein paar größere Scheine. Da in Italien ja nur noch mit Papier bezahlt wird, sah das sehr reich aus. Bündel – einen halben Meter hoch.

Ich suchte eine viertel Stunde, bis ich eine Metzgerei fand, dann brachte ich dem Dackel mein Geschenk – einen fleischigen Knochen. Der Einbeinige, dem ich nichts gab, wurde sauer – ich hielt damit ja die Produktion an – der Hund sollte gefälligst Männchen machen – keine Knochen fressen! Das Vieh war recht hungrig.

Ich sorgte dafür, daß er in Ruhe fertig fraß. Man spendete mir kurz Beifall und ging weg. Es gab nichts mehr zu sehn. Nur wir drei und der Bettler störten noch den Verkehr auf dem dreispurigen Gehsteig. Ich sah diesem Hund gern zu und kraulte seinen Nacken. Er schnappte nach mir. Die Revolution frißt ihre Väter.

Das geschah vor dem Vatikanischen Museum.

Lidia wollte sich unbedingt die Mumien anschauen. Ich riet, mit Rücksicht auf Richard, ab. Aber Lidia hatte noch nie eine Mumie gesehn und bestand darauf, also zockelten wir mit. Die beiden alten Ägypter in ihren Glastruhen hatten sich gut gehalten. Ich sagte zu Richard, er solle sich daran ein Beispiel nehmen. Ich konnte nicht anders – bin eben ein wenig geschmacklos. Er antwortete, daß er kräftig daran arbeite. Das war richtig. Er hatte sich gut im Griff.

Über die Nacht auf dem Forum wurde nicht mehr gesprochen. Lidia gab vor, sich an kaum etwas erinnern zu können. Da diese Behauptung so gar nicht zu ihrem sonst fast aufdringlichen Selbstbewußtsein paßte, mußte sie wenigstens teilweise wahr sein. Mir war das auch egal. Ich schämte mich schon lange für nichts mehr.

In dieser Woche schliefen wir nur zweimal miteinander, und jedesmal ging es eher mechanisch ab. Dafür kamen wir uns menschlich näher. Es gab ja auch so viele Gelegenheiten, um zu sprechen.

Hier wurde soviel gequatscht – es hatte gar keinen Sinn zu schweigen – das senkte den Geräuschpegel der fleißigen römischen Mäuler nicht im geringsten. Lidia und ich tauschten diese vielen Kleinigkeiten aus, die das Bild, das man von sich geben will, abrunden.

Sie erzählte, daß sie Marxistin sei, aber an den Teufel glaube, und ihre Lieblingsfarbe sei Gelb, und sie ginge gern in Piratenfilme. Lesen täte sie nicht gern, weil das meiste so lang wäre, und da gab es noch ihre Mutter, die ihren Vater betrogen hatte und seit mehreren Jahren tot war. Autounfall.

Lidia und Richard entdeckten viele Gemeinsamkeiten. Sie unterhielten sich lang und mit Begeisterung über ihre Väter und Mütter und sonstige tragische Figuren.

Richard begann öfters von der APO-Zeit zu sprechen. Das war ein unerschöpflicher Anekdotenschatz.

«Das war ein wirklich großer Moment – so ungefähr wie der Ballhausschwur – oder die Boston Tea Party – als wir aus der Universität liefen – viele trugen Fahnen, und die Männer riefen: ‹WIR HABEN REVOLUTION!› und ein paar Frauen riefen: ‹WIR HABEN EMANZIPATION!›, und mein Nebenmann fragte mich: ‹Werden jetzt die Nutten teurer?› – Ah! – Das war dufte – burlesk! Es gab einige wenige Leute –»

Hier senkte er die Stimme.

«– die waren bereit, zu töten und anzuzünden – echte Killer mit haßerfüllten Augen. Die waren nach dem zehnten Bier zu keinem Kompromiß fähig! Die meisten anderen machten sich einfach eine schöne, aufregende Zeit, bumsten mit den Mädels rum, und mit den ganzen Drogen und plünderten die Schaufenster. Und ich bin mir ziemlich sicher – die klugen unter den führenden Köpfen wußten insgeheim, daß das der Sinn vom Ganzen war – und Sinn genug! Das hat viel gebracht! Mehr als jede Machtübernahme! Der Lauf der Welt sprang um zehn bis fünfzehn Jahre vorwärts. Mehr kann kaum eine Revolution erreichen! Nur Idioten können vom Scheitern der Studenten reden!»

Das war ja alles interessant und aufschlußreich, aber immer wenn Richard davon redete, klang es so, als habe er seine Zeit gehabt und hocke jetzt im Nichts. Ich selbst bin ja ein Evolutionist. Bei mir ist immer was los.

Wir gingen auch einmal ins Café Greco. Das lag nicht weit vom Hotel. Es war mit viel grün-schwarzem Marmor ausgeschmückt, uralt und schrecklich berühmt. Viele einflußreiche Personen waren hier schon rumgesessen und hatten sich vollaufen lassen. Vor allem Komponisten. Die ebenholzfarbenen Lederbespannungen der hohen Stühle wirkten wenig einladend. Die Kellner rannten wie die Wiesel, Nase nach oben, knallten ihre silbernen Tabletts mit unangenehmem Scheppern vor die Touristen.

Die Preise waren nicht mehr unverschämt, sondern größenwahnsinnig. Lidia mußte trotzdem einen Cappuccino trinken, klemmte sich in einen freien Platz in der Ecke und schlürfte ihr Gesöff, als schwämme die Asche Wagners drin herum. Richard und ich warteten draußen, sahen uns die Schaufenster an. Da gab es einen Laden für die Kleiderausstattung der Kirchenmänner. Vom einfachen Priestergewand und Büßerhemd bis zum roten Samt eines Kardinals, den Klamotten eines Erzbischofs, den Uniformen der Meßdiener.

Richard ging hinein und fragte auf englisch, ob es auch eine Tiara gäbe, und wieviel die koste. Man bedauerte, daß zur Zeit keine Tiaras vorrätig seien, die Zeiten der Gegenpäpste wären vorbei... Richard griff in seine Hemdtasche und blechte umgerechnet 600 Märker für eine schwarze Priesterkutte. Ich zog ihn am Ärmel. Ob er spinne? Was das solle? Er schüttelte mich ab und bestand darauf. Das macht Spaß! behauptete er. Ich konnte das nicht erkennen.

«Wer weiß – vielleicht schleich ich mich in den Vatikan und stech ihn ab!»

«Oje, Richard, hast du deine Dosis erhöht, sag?»

«Ach nein – es hat mir einfach Freude gemacht, dieses Gewand zu kaufen, das ist alles, das ist doch genug. Ich hab noch nie so eins gehabt!» Er verschwand in der Umkleidekabine.

«Paßt!»

So ging er hinaus, mit seinem alten Zeug als Paket über dem Arm. Ich kugelte hinter ihm her. Lidia traf der Schlag. Sie bepißte sich beinah vor Lachen.

Gut – ich war jetzt überzeugt – die 600 hatten sich gelohnt. Die Leute sahen uns nach. Ein Priester – Hand in Hand mit solch einer PUTANA. Die jungen Fotografen liebten die beiden. Richard hielt abwehrend die Hände hoch.

«Keine Fotos ohne Gage!»

Und die ehrgeizigen Knipser rückten tatsächlich Spenden raus – für die Kirche! – Und das Heim gefallener Mädchen! Damit war ein Geschäft zu machen. Und in jedem Lokal behandelte man uns sehr zuvorkommend. Solcher Kokolores! Sie glotzten sich einen ab! Sahen sich fragend an. Hoben die Augen zum Himmel.

Jaja – diese deutschen Pfaffen – saufen wie Luther – und solche Schwanzgaragen – unglaublich – jetzt schmusen sie rum – ein Skandal – eine Ungeheuerlichkeit – der Antichrist – alle Werte brechen zusammen – holt die Zeitungen – holt den Polackenpapst – schnell – exkommunizieren! Eine Bulle! Fünf Enzykliken wider diese Sauerei! Aber unsere Bestellungen erledigten sie prompt, da konnten sie uns näher sein – spannen – der Sache auf den Grund gehn...

Lidia erzählte dem Kellner, Richard wäre ihr Vater, und er habe sie eben vom Strich geholt, befreit aus den Klauen gemeiner Zuhälter und Drogenhändler, und nun feierten sie Wiedersehn! Ach so! Wir hatten ja von nichts 'ne Ahnung! Soso! Na dann! Das ist rührend, wirklich – der Kellner erzählte es gleich rum – Die Stimmung kippte zu unseren Gunsten – das war mal ein Vater, bravo, Vater! Daß ein Priester eine Tochter zugibt – die zudem noch auf den Strich geht – das fanden sie ja so menschlich – so nah! Alle beglückwünschten uns! Lidia stellte mich als den Detektiv vor, der sie ausfindig gemacht hatte – das war ein Spaß – ein Schulterklopfen – eine Runde nach der andern. Im Laufe dieses Abends hatten wir unsere 600 locker wieder drin.

Während der nächsten zwei Tage habe ich von Haferflocken mit Milch gelebt – kein Alkohol, keine Zigaretten, keine Gewürze. Die Magenschleimhaut war mal wieder am Ende, und ich wußte langsam, wann eine Pause nötig war. Mir graute vor einer Gastritis. Lieber würde ich ein Ohr verlieren. Van Gogh hat schon recht gehabt – Man kann trotzdem noch Stereo hören – Haferflocken sind ein Wundermittel – das pappt die Magenwände in kürzester Zeit wieder zusammen.

Natürlich wurde ich etwas schwermütig – meine feixende Familie fraß köstliche Dinge und erhob ihre Gläser auf mein Wohl. Ich bin eigentlich kein richtiger Trinker. Ich habe beim Saufen nie etwas vergessen. Und allein trinken – auf dem Bett sitzend – in kleinen, regelmäßigen Schlücken – das schien mir immer eine Art Gottesdienst – in dem der Trinker zugleich Priester, Opfertier und Gottmoloch ist. Das war mir zu mystisch. Trinken muß bei mir nicht Handlung, sondern Dekoration für etwas sein. Von einem Säufer wie Richard war ich kilometerweit entfernt. Aber es schmerzte schon – wie sie das auskosteten.

Über Rom hing ein stechender Dunst. Hier und da flimmerte die Luft, bildete Schlieren vor den Augen. Überall mächtige Säulen und Reiterstandbilder. Bunte Tücher und Früchte, ehrliche, blutige Fleischmärkte. Kokosnußverkäufer. Das Rot der halbierten Wassermelonen und die gestreiften Stoffvordächer über den Cafés – die Fahrkünste der Italiener im Gedränge – das alles und die schönen Frauen. Hier konnte kaum eine traurige Geschichte spielen.

Nachts kam Lidia auf mein Zimmer, und wir standen auf dem engen Balkon und starrten in den Sternenhimmel unter der großen Halbkugel, mit Millionen Lichtern gespickt. Wir waren im Innern eines riesigen, gläsernen, gesprenkelten Pilzes... Sternschnuppen – bei denen man ja Wünsche äußern darf – fünf hintereinander – ich muß einmal als glücklicher Mensch enden... Man sieht in solchen Stunden alles positiv... Selbst wenn man den Kopf an eine Mauer lehnt – ist sie denn nicht so sanft zu dir, als sie nur irgendwie kann?

Und wenn der Tag an den Rändern hochkam und das Licht der Sterne in sich hineinwürgte, hockten wir immer noch da. Sie war verliebt in mich – kein Zweifel – es ist nur die Frage, wie sehr. Nicht viel. Man konnte sich nicht sicher sein. Ich glaube, sie mochte Richard lieber als mich. Normalerweise schließe ich beim Küssen die Augen – aber bei Lidia machte ich Stichproben.

Eines Abends traf sie mit der Nachricht ein, Richard wäre allein losgezogen, und sie zwinkerte dazu. Das freute mich. Das war ein gutes Zeichen. Mein Magen fühlte sich wieder leidlich geleimt an, und ich ließ etwas aufs Zimmer kommen, und wir liebten uns sehr zärtlich und albern. Wir wurden Kinder, fünf Meter große Kinder. Ich brachte einen Toast aus – auf die Gesundheit unsres großen alten Mäzens. Ein guter Kerl! Er hätte bessere Protegés verdient als uns. Brave Butler und zarte Jünglinge. Man kann nicht alles haben.

Lidia hatte ein Backgammonspiel aufgetrieben, wollte mich auf die Probe stellen, aber da sie von dem Spiel kaum etwas verstand, war das zu einfach.

«Hast du Geld?» fragte ich.

«Nein. Ich spiel doch nicht um Geld!»

«Gut, dann spielen wir Stripbackgammon. Ein Kleidungsstück pro Punkt!»

«Gut. Warum ziehst du denn die Hose aus?»

«Das ist meine Vorgabe.»

«Angeber!»

So ging das. Diese Tage in Rom waren ein Ausruhen, Fallenlassen, fast ein Paradies. Nahe dran.

Wir besuchten auch die Konzerte auf dem Kapitol, wo sie ein Klavierkonzert von Beethoven und die «Carmina burana» von Orff brachten. Die Sänger wurden mit Mikrofon verstärkt, und alles war laut und wundervoll. Man konnte rauchen und trinken und aufstehn beim Zuhören, zwischen den hölzernen Klappstühlen umhergehn, sich an die Säulen lehnen. Das ist es, was der Oper fehlt. Bewegungsfreiheit. Deshalb bin ich auch immer lieber NEBEN der Bühne gestanden und während etwaiger Längen auf ein schnelles Bier in die Kantine gerannt.

Es passierte, daß wir drei uns an den Händen faßten und durch die nächtlichen Straßen hopsten – was bei mir trägem Burschen schon was heißt. Von Tod und Armut weit und breit nichts zu sehn.

Das war aber teuer. Wir mußten weiterziehn. Rom saugte Richards Taschen leer. Er besaß nur noch etwas über siebentausend Mark. Das ist immer noch mehr, als ich je auf einem Haufen sah – aber gar nicht viel für ein knappes halbes Jahr zu dritt. Auch Richard dachte daran. Er wurde für mehrere Minuten ziemlich nachdenklich. Dann scheuchte er imaginäre Fliegen von der Stirn und probierte den Frascati.

XV

Wir werden unterbrochen. Ein Lärm ist da draußen, ein Kampfgeschrei. Man muß nachsehen.

Quer über dem Spieltisch liegt Wemut. Kein Witz! So heißt er, der Mensch mit den lappigen Halswulsten. Ein pensionierter Philosophieprofessor, der für sein durchschaubares Schummeln bekannt ist. Über ihm kniet ein viel jüngerer Südosteuropäer, bartstoppelig und rot vor Zorn, hält ihm das Stilett an die Kehle. Beide schwitzen sehr stark.

Der Boden wirkt herbstlich von gefallenen Karten. Alle stehn im Kreis. Manche mahnen zum Frieden. Andere können den Wemut nicht leiden. Noch lebt er und windet sich vor Angst, brüllt Hilfe herbei, die auf sich warten läßt.

Er wird nicht sterben. Diese Südländer stechen entweder sofort zu oder gar nicht.

Die Versammlung löst sich auf. Man nimmt seine Plätze ein. Nur Wemut bleibt, samt seinem Messerstecher. Wemut verspricht, es nie wieder zu tun. Bisher ist er damit durchgekommen. Kaum jemand will sich an ihm die Hände schmutzig machen.

Bernd braucht nicht einzugreifen. Amüsiert und rosa lehnt er an der Wand und verbreitet Gelassenheit.

Auch sein Igor, ein mächtiger Muskelmann mit Hornbrille, kümmert sich einen Dreck um diese Randfiguren. Es ist ja nichts kaputtgegangen. Alle Leute sind stark mit sich selbst beschäftigt. Die Hoffnung ist rot und gelb und manchmal grün – die wertvollsten Chips – die größten Hoffnungen. Angesichts eines Roulettetisches weiß man, daß es Hoffnung gibt.

Ich liebe alle diese Figuren. Manche verziehen keine Miene, egal was passiert. Andere zittern mit den Knien wie verliebte Jünglinge. Die meisten sind abgehärtet, an Rückschläge gewohnt.

Wenn sie mich anbrüllen oder angreifen, liebe ich sie nicht mehr, aber ich würde ihnen keinen Vorwurf daraus machen. Wenn einer von ihnen längere Zeit nicht mehr kommt, so weiß man, daß er endgültig verloren hat. Und solange sie noch ein paar Kröten haben, ein bißchen Hoffnung und den Glauben an den Gewinn, sind sie von wahren Verlierern weit entfernt.

Nach einiger Zeit begreifen die meisten, daß es gar nicht mehr darum geht, GELD zu gewinnen, sondern im SPIEL zu bleiben. Das ist eine kleine, aber gute Philosophie – besser als die meisten anderen. Simpel und ehrlich. Man könnte viele salbungsvolle Worte drum machen. Das ist nicht nötig. Ich bin überzeugt, daß alle Philosophen sich auf einen Satz reduzieren lassen und der Rest Erklärungen, Dekorationen, Einzelheiten sind.

Bernd Flach klopft dem Messerstecher auf die Schulter, hält ihm ein Bier hin. Alles kommt in Ordnung. Wemut gibt das erschwindelte Geld zurück und flüchtet für diese Nacht. Morgen wird das vergessen sein.

Wenn die Angst nicht wäre. Der ganze Raum schwelt vor Angst, stinkt nach Angst, krankt an Angst.

Es ist hier so wie überall. Bis auf einige Gegenden in Indien, Tibet und Nepal. Das interessiert mich nicht.

Ich versuche, keine Angst zu haben. Ich will niemanden töten. Bernd begrüßt die neuen Gäste.

Jeder hat ihn gern. In seinem Leben ist nicht viel los. Er muß kaum Angst haben. Er bezahlt mit Langeweile.

Jetzt ist es passiert. Karl, der Esoteriker und Astrologe, er hat zugeschlagen. Und wie! Dreißigtausend wandern über den Tisch. Mit Inbrunst beginnt er über die Kraft des Kosmos zu sprechen. Die Sterne haben recht – hier ist der Beweis! Er macht einige Leute wütend. Da bahnt sich was an. Ich seh es kommen. Auch ich habe meine Sterne immer bei mir. Kleine, unscheinbare Taschensterne. Sie prophezeien Böses. Karl schwört auf die hilfreichen Geister. Auf die Kraft der alten Druiden. Auf Larven und Manifestationen. Schon bekommt er eine aufs Maul. Kurz und trocken, ohne viel Worte. Entsetzt schwört er Rache. Unglück breche über die Anwesenden herein. Gleich knallt man ihm noch eine. Seine Lippen bluten. Die schlechten Sieger sind unangenehmer als alle andern.

Und die Kugel kreist.

Bernd winkt mich ins Hinterzimmer zurück.

«Erzähl doch weiter!» fordert er mich auf.

«Wo war ich denn?»

«In Rom. Sag mal, hatte diese Lidia gute Titten? He? Wie sahen die aus?»

«Stell dir doch einfach deine Lieblingstitten vor!»

«Ah – ja. Gut!»

XVI

Der alte Kadett stotterte quer durch den Stiefel, Richtung Adriaküste.

«Ich liebe dich, Lidia!»

«Ach, halt's Maul!»

«Ich bin mir aber ziemlich sicher!»

«Sei still!»

Na gut. Dann eben nicht. Sie glaubte nicht an die Liebe. Ich glaubte daran, in Ermangelung von etwas Lohnenderem. Wenn verklärte Mösen zu Altären werden, hat das etwas von dieser lächerlichen Größe, die ich mag. Es tötet das Monster in uns ab – das Stülpmonster – das irgendein Opfer braucht, dem es sich aufhucken kann wie ein Dämon. Vor einem einzelnen Menschen wird es ganz klein und scheu und bekommt fast menschliche Züge.

«AAARGH!»

«Was ist denn los, Richard?»

«Es ist nichts.»

Aber es war eben doch was. Die römischen Tage waren vorbei. Seine Schmerzen meldeten sich jetzt pünktlich wie Wachtposten und marktschreierisch laut. Er mußte die Dosis erhöhen.

Wenn in der untergehenden Sonne Rom in warmes Purpur getaucht worden war, hatte man nicht dran glauben wollen. Jetzt interessierten sich die ersten Nekrophilen für meinen Freund. Sie machten sich bereit, ihn zu vergewaltigen, wenn die Zeit kam. Aus den Boxen tönte Musik von Nielsen, Donizetti, Berg. Ich hatte Kassetten gekauft. Keine Rockmusik. Ich konnte keine Rockmusik mehr hören. Sie hat zu wenige Heroen geboren, die man immer wieder durchlaufen lassen kann. Und ich war absolut nicht in der Stimmung für Zweitklassigkeit.

Wenn man auf der Suche nach irgendeiner Erhabenheit ist, kann der Alltag nicht so besonders gut laufen.

Tatsächlich litten wir unter Langeweile. Wir stritten uns über die blödsinnigsten Sachen und hatten das Autofahren gründlich satt.

Lidia sprach ausgiebig vom prämenstrualen Syndrom, unter dessen Einfluß sie sich angeblich befand, und hielt das für hinreichend, sich äußerst gereizt zu geben und uns bei jeder Gelegenheit schnoddrig anzuschnauzen.

Und Richard rollte mit den Augen wie ein Stummfilmstar des deutschen Expressionismus, aus anderen Gründen.

Keine wohltuende Gesellschaft.

Der schlimmste Moment kam auf einer Landstraße, als Richard mir auf die Schulter tippte, mit verkrümmten Lippen. Er überreichte mir seine Weinflasche.

«Verflucht – er steht nur ab. Ich kann ihn nicht mehr trinken...»

Resigniert starrte er in das grüne Glas.

Am liebsten hätte ich mir die Ohren und Augen zugehalten. Aber ich habe zuwenig Hände dazu. Ich zog die Beine an die Brust und versteckte den Kopf zwischen den Oberschenkeln. In diesem Moment krachte es. Lidia hatte einen entgegenkommenden Lieferwagen gestreift, in einer Kurve. Sie stieg aus und begann auf italienisch zu brüllen. Sie war schuld gewesen, ganz eindeutig, da konnte kein Zweifel bestehn.

Ich krümmte mich noch mehr in mich zusammen und spielte Embryo. Nichts hören, nichts sehen. Vom Fruchtwasser saufen.

Viel war nicht passiert. Man einigte sich darauf, gemeinsam zur nächsten Station der Carabinieri zu fahren. Diese

Polizeiwache war mit dicken Mauern und Stacheldraht geschützt. Richard faszinierte das.

«Eine richtige Festung! Die müssen vielleicht Angst haben!»

Als Lidia da wieder rauskam, knallte sie zornentbrannt die Wagentür zu.

«Diese Schweine!» rief sie. «Im Zweifelsfall behaupten die, eine Frau könne nicht fahren!»

«Lidia, du fährst wie eine Sau!» sagte ich stumpf aus dem Bauch heraus.

«ACH?»

«Ja, und es ist ein Wunder, daß bisher nicht mehr passiert ist!»

«Du bist ein schleimiger kleiner Spießer!»

«Ich hänge am Leben. An meinem und sogar ein bißchen an dem aller anderen.»

«Ich fahre verdammt gut, du Arsch!»

Mir war nicht ganz klar, wie sie das so fest und steif behaupten konnte, mit dieser Riesendelle in der Seite. Sie war sehr von sich überzeugt.

Sie schimpfte auf die ganze Welt. In diesem Moment meinte sie mich damit. Sie versuchte, mich zu treffen, mich zu beleidigen. «EIN FEIGER SCHNORRER BISTE! EIN BETRÜGER! EIN HEUCHLER! EIN KOMPROMISSLER! DIE ALLEGORIE EINES KOMPROMISSES! LEG DICH DOCH AUF DIE STRASSE – DA TAUGST DU ALS MITTELSTREIFEN, UND LINKS UND RECHTS RAUSCHT ALLES AN DIR VORBEI!»

So ging das stundenlang. Weil ich nichts antwortete, und das beharrlich, bekam schließlich auch Richard sein Fett ab. «UND DU? WAS WILLST DU EIGENTLICH? ARSCHFICKER! WIRST NICHT MAL MIT FRAUEN FERTIG! BLÖDER SÄUFER! WOFÜR LEBST DU EIGENTLICH? HAT DEIN BESCHISSENES LEBEN

ÜBERHAUPT JE EINEN INHALT GEHABT? DU UND DIE APO! HAHA! DA HAT SICH DIE RICHTIGE BAGAGE GETROFFEN!» Jetzt gab sie sich auch noch weltverbesserisch. Diese Kotzfotze. Der Unfall hatte sie restlos fuchsig gemacht.

Sie fuhr in Schlangenlinien über die Hügel.

Weinberge! In Terrassen gestufte Landschaft. Das lenkte mich ein wenig ab. Der schwere, süßliche Geruch nach Geißblatt. Die alten Kastelle. Wo der Efeu wucherte, zwischen den groben, unbehauenen Steinen. Unser nächstes Ziel hieß Macerata, ein Dorf südlich von Ancona, ein Stück im Landesinneren.

Wir kamen um sechs Uhr abends an. Es sah sehr gut aus. Lauter schiefe und krumme Häuser mit roten Ziegeldächern. Enge, verwinkelte Gäßchen, mit schwindelerregenden Steigungen, durch die sich nur die kleinen Fiats quälen konnten.

Ab Ancona spätestens ist die Urlauberadria beendet, die Strände werden dreckig und leer, und das Gebiet darunter ist nicht vom Tourismus überlaufen.

Macerata besitzt ein Stadion in Halbkreisform, aus dem Anfang des 19. Jahrhunderts, bestimmt zu einem Ballspiel namens Pallone, einer Art Baseball. Heute spielen sie dort Opern, jedes Jahr im Juli und August. Es ist, wie man sagt, die Freilichtbühne mit der besten Akustik der Welt. Wir hatten keine Ahnung, was und wann gespielt wurde. Tatsächlich kamen wir drei Tage zu früh, aber die Aussichten waren toll. Immerhin eine «Tosca» mit der Caballé und Carreras. Wir fanden ein relativ billiges Hotel an einem Platz namens «della Liberta».

Richard und ich zogen alleine los. Nach den Wahnsinnsarien des Nachmittags legten wir keinen Wert auf Lidias Gesellschaft. Obwohl schon abzusehen war, daß es ihr leid tat, hatten wir noch keine Lust auf Versöhnung. Wir überließen sie ihrem prämenstrualen Syndrom und wanderten durchs Städtchen.

«Irgendwo hat sie wahrscheinlich recht», sagte Richard.

«Irgendwo schon. Aber nicht hier.»

«Du hast recht. Mir ist das auch relativ egal.»

Wir amüsierten uns in einem Keller mit Videospielgeräten, die nur hundert oder zweihundert Lire pro Spiel kosteten. Das tat für eine Stunde lang gut. Es gab alte klimpernde Flipper, bei denen man noch richtig rütteln konnte, bevor ein TILT erschien.

Später spazierten wir an den Trattorias vorbei, und an den kleinen Cafés, deren Holztische auf dem unebenen Kopfsteinpflaster wackelten. Jede Tür wirkte wie der Eingang zu einer in den Fels gehauenen Höhle, schwarze Löcher mit hölzernen Rahmen, dunkelbraun und glatt und stumpf. Winzige Läden, Bäckereien, Postkartenstände mit Motiven verschiedener Operninszenierungen.

Das Sferisterio, so hieß das ehemalige Stadion, sah sehr aufregend aus, wenn man diesen Bildern glauben konnte. Zwei lange Reihen von Logen, in blutrotes Licht getaucht, und drüber der schwarze Himmel und massig bunte Scheinwerfer. Richard war schon einmal hiergewesen und schwärmte sich die Seele wund.

Die Arena von Verona wäre dagegen ein Dreck – schlechter Klang und unpersönliches Rund. Wir besorgten drei Karten – beste Kategorie. Machte zusammen neunzigtausend Lire. Gar nicht so teuer.

Auf dem Heimweg sahen wir Lidia in einer Bar hocken. Wir hatten im Vorübergehen ihr Lachen erkannt. Sie saß an der Theke mit einem Mann, einem Krauskopf mit unglaublich langer Nase. Welch ein Ding! Die stand ihm wie ein Schwanz im Gesicht. Die beiden schienen sehr freundschaftlich miteinander zu plaudern. Lidia bemerkte uns, wie wir im Fenster standen und gafften, und winkte uns herein. Wir nahmen links von ihr Platz.

«Stellt euch das vor – so ein Zufall!» Sie zeigte auf den Riesenzinken. «Das ist Cromberg – Lars Cromberg – ein Maler – ein Kollege – ein alter Freund!» Sie zeigte auf uns. «Und das sind Hagen und Richard, junge Freunde!»

«Tag», sagte ich. Der Mann nickte kurz. Er war groß und schlaksig, und seine Haare waren grau an den Schläfen. Ich schätzte ihn auf fünfzig Jahre. Lidia legte ihren Kopf auf seine Schulter.

«Lars hat zur Zeit einen irren Erfolg in Deutschland! Und er ist wegen der Oper hier, wie wir.»

Der Mann zog an seiner Zigarette und stieß den Rauch aus den Nasenlöchern. Ich mußte grinsen. Der Typ war mir von Anfang an unsympathisch. Er gab sich wie ein alter Intellektueller, der nicht gleich mit jedem redet, der scharf beobachtet und abwägend zuhört und jedes seiner kostbaren Worte auf die Goldwaage legt. Er trank einen Martini, weit über die Theke gebeugt.

«Hagen ist Backgammonspieler», erzählte Lidia, «und Richard ist krebskrank!»

«Ach?» sagte der Mann und nippte an seinem Getränk.

«Vorher war ich Grafiker. Und ich habe auch gemalt...», sagte Richard und wollte damit wohl ein Gespräch beginnen.

«Soso?» sagte der Mann.

«Ja, aber ich war nicht sehr gut.»

«Tja.»

«Lars war einer der ersten NEUEN WILDEN.» Lidia schien stolz auf seine Bekanntschaft zu sein. Soviel ich gehört hatte, gingen die neuen Wilden zur Zeit gar nicht mehr gut, aber ich behielt das für mich.

«Nun ja.»

«Jaja.»

Ich pulte eine Benson aus meiner Packung. Wir saßen alle rauchend aufgereiht und sahen dem Rauch nach, den wir machten.

«Was malen Sie denn?» fragte Richard.

Cromberg zuckte mit den Achseln. Eine solch simple Frage schien er nicht gewöhnt zu sein.

«Alles was ich sehe», sagte er dann.

«Sehen Sie denn viel?» fragte Richard, und langsam bemerkte ich die gespielte Naivität in seiner Stimme.

Cromberg stutzte und lächelte dann.

«Es ist ja genug da!»

«Und wie schaffen Sie das alles?»

Cromberg begann sich belästigt zu fühlen. Seine Stirn runzelte sich.

«Ich geb mir Mühe.»

«O ja, das stell ich mir ziemlich mühsam vor!»

Cromberg entschuldigte sich und ging zur Toilette.

Ich grinste Richard an.

«Das ist eine Nase, was?»

«Und ob. So was habe ich noch nicht gesehn. Damit kann er ja einen Fick vortäuschen!»

«Genau. Bleibt immer steif.»

«Sogar eine Ejakulation kann er nachmachen. Er braucht den Weibern bloß in die Muschi zu rotzen!»

«Hört mal», mischte sich Lidia ein, «macht euch bloß nicht über ihn lustig! Er ist immerhin ein ECHTER KÜNSTLER! Er gibt der Welt etwas!» Sie war richtig entrüstet.

«Ist er auch ein Kunde von dir?» fragte ich.

«Nein. Ich habe nie mit ihm geschlafen, falls du das meinst.»

«Viel redet der ja nicht.»

«Er ist völlig sensibel. Er hat Angst vor Fremden.»

«Wahrscheinlich leidet er stark für seine Kunst?»

«Ja, du Arsch.»

«Das hab ich mir gedacht.»

Cromberg kam vom Klo zurück. Er wandte sich an Lidia.

«Hast du heute abend schon etwas vor? Ich bin mit ein paar Freunden hier. Einer davon spielt sehr gut Flamenco. Wir trinken Rotwein und können reden.»

Nach einer längeren Pause und einem gunstvollen Lächeln Lidias sah er zu uns her.

«Ihr könnt selbstverständlich mitkommen.»

Ich war schon versucht, die Einladung anzunehmen, um ihn gehörig zu ärgern. Aber Richard gab sich vernünftig.

«Ach nein, ich glaube, ich geh heut früh ins Bett!»

Cromberg nickte kurz und erfreut.

«Und ich kann leider auch nicht mit», sagte ich. Keiner fragte mich nach dem Grund. Besser so.

Lidia musterte uns. Sie kippte ihren Drink runter.

Ich zog Richard am Arm, und wir gingen in die Nacht hinaus.

«Mann, das war ein Affe!» behauptete er.

«Ja, und dabei hat er nicht mal den Mund weit aufgemacht.»

«Ich hasse dieses Volk!»

«Ich hasse ihn nur, weil Lidia ihn mag.»

«Bist du wirklich in sie verliebt?»

«Keine Ahnung. Das weiß man meistens erst hinterher.»

«AARGH!»

Richard ließ sich auf die Knie herab und lehnte den Kopf gegen einen steinernen Brunnen.

«So schlimm?»

«Scheiße, ja.»

Ich half ihm auf die Beine. Er biß die Zähne zusammen. Wir sahen Lidia und Cromberg aus dem Lokal kommen.

Sie waren hundert Meter weit weg, und sie bemerkten uns nicht. Hand in Hand gingen sie in die andere Richtung fort. Mir stieg die Galle hoch.

Richard klopfte mir auf die Schulter.

«Denk nicht dran!»

«Was machen wir jetzt?»

Er wußte es nicht. Eine Katze tänzelte übers Pflaster, sie taumelte wie besoffen. Eine alte Frau mit Kopftuch schimpfte von einem Balkon.

Es liegt auch etwas Trauriges über diesem Land. Etwas, das mit wenigen Utensilien böse Erinnerungen nach oben spült. Ich dachte an die Frau, die ich mit Sicherheit geliebt hatte. In genau so einer schwülen Sommernacht lagen wir zum letztenmal zusammen beim Wald, im dürren Gras, und die Fliegen schmatzten an uns rum. Dort sagte sie mir, daß es keinen Sinn mehr hätte. Als ich ihr daraufhin auf die Nerven ging, als ich zornig wurde vor Angst, als ich Amok lief und einen Haufen Mist verbrach, schickte sie mir mit der Post den Haufen zurück. Sie mochte derlei Symbolik.

Richard schnaufte schwer durch. Ich kickte einen Stein dreißig Meter weit.

«Komm!» sagte ich, «das renkt sich alles ein...»

«Ob ich's mit einer neuen Buddel probieren soll? Was meinst du?»

«Was bleibt dir denn übrig?»

«Damit wäre auch das geklärt.»

XVII

Als wir uns am nächsten Morgen zum Frühstück trafen, war Lidia noch nicht zurück. Auch am Mittag nicht.

Wir saßen auf der Piazza und beobachteten eine Prozession, die vorüberzog. Zwischen bunten Fahnen und düsteren Kreuzen schleppte man einen Schrein auf einer Bahre. Die Träger schwitzten unter der hochstehenden Sonne. Die Frauen gingen mit gesenkten Köpfen, die Männer sahen stolz und gefaßt aus.

«Die armen Menschen!» sagte Richard.

«Ich hab kein Mitleid», sagte ich.

Die Glocke des Torre del Commune schlug zwei Uhr. Der Kellner brachte uns Maccaroni. Gegen vier torkelte Lidia endlich an. Fröhlich setzte sie sich an unseren Tisch und gab mir einen Kuß auf die Wange.

«Wie war's?» fragte ich.

«Wunderbar! Wir waren schrecklich betrunken, und wir haben getanzt, und Fred ist ein toller Gitarrist, wirklich! Lars hat ein bißchen Schnee dagehabt, und schließlich haben wir nach kulturrevolutionären Schlagworten für die Neunziger gesucht!»

«Und? Habt ihr was gefunden?»

«Nein, wir waren schon zu erledigt. Aber heute abend machen wir weiter!»

Ich grunzte mißmutig. Lidia schob ihr Kinn nach vorn.

«Du kannst ja mitkommen, wenn du willst!»

«Bewahre!»

«Wenn dir die Leute nicht passen, geh doch hin und sag's ihnen, red mit ihnen!»

«Wozu?»

«DAS IST MIR EGAL!»

Sie schnaubte und schnappte sich mein Glas, stürzte es in einem Zug hinab.

«Du bist NEIDISCH, weißt du das? Ja, ihr seid neidisch auf diese Leute, weil sie noch was haben, für das sie leben!»

«Also weißt du was? Jetzt kommen wir mit! Nicht wahr, Richard?»

«Von mir aus...»

«Ach, du willst Krach schlagen, ja?» Lidia erhob drohend den Zeigefinger.

«Aber nein. Wozu auch?»

Wir blieben noch längere Zeit so sitzen, und jeder überlegte sich, wie er den Abend am besten angehen sollte.

Dann bat Lidia Richard um Geld, um sich verschiedene Kleinigkeiten zu kaufen. Ohne mir noch einmal ihr Gesicht zuzuwenden, stolzierte sie davon. Mehrmals verfingen sich ihre Stöckel im holprigen Kopfstein. Sie strauchelte, stützte sich mit einer Hand ab, und für einen Sekundenbruchteil leuchtete das Höschenweiß unter ihrem Lederrock hervor. Alle männlichen Augen auf diesem Platz starrten in dieselbe Richtung, wie Kompaßnadeln.

Italiener zeigen ihre Frauenbegeisterung viel unverhohlener, sie wirbeln mit den Augen und grinsen schelmisch und machen zweideutige Gesten zu ihrem Nebenmann. Sie wenden ihr Gesicht nicht ab, falls die Frau sie fixiert. Das gefiel mir. Darin liegt viel Natürlichkeit und Selbstbewußtsein. Es gibt der Brunftmagie keinen so verlegenen und peinlichen Anstrich, auch wenn es etwas von diesen Machomutproben an sich hat. Lidia genoß es, Blicke auf sich zu ziehen. Aber sie besaß die bemerkenswerte Tugend, ihren Körper nicht als Waffe einzusetzen, nicht bewußt jedenfalls. Glaubte ich. Sicher war ich mir nicht.

Wir hatten vereinbart, uns um acht im Hotel zu treffen. Crombergs Landhaus lag außerhalb des Ortes. Es gehörte ihm. Lidia erwähnte das. Anscheinend hatte er wirklich viel Erfolg. Seinen Namen hatte ich nie vorher gehört. Das mußte auch nichts heißen. Natürlich war ich neidisch. Solchen Typen mißgönne ich jeden Erfolg. Aber vielleicht hatte ich auch alle meine Vorurteile in ihn hineingelegt. Ich nahm mir für den Abend die besten Vorsätze aus dem Schrank.

Lidia erschien reichlich verändert zum Treffpunkt. Über die Augen hatte sie blaues und rotes Make-up geschmiert, sie trug die Haare hochgesteckt, die Lippen waren leicht geschwärzt. Um die Handgelenke bedrohliche Nietenarmbänder, und ihre Beine steckten in spinnennetzförmigen Strumpfhosen. Der letzte Schrei. Das ist so eine Phrase. Was kommt nach dem letzten Schrei? Der Tod, nehme ich an.

«Wie gefall ich euch?»

«Cromberg muß wirklich ein wichtiger Mann sein», sagte ich.

«Deine Spitzen sind mir scheißegal!» rief sie.

«Komm!» antwortete ich. «Ich habe beschlossen, heute friedlich zu bleiben.»

«Das rat ich dir auch! Euch beiden! Blamiert mich bloß nicht!»

Die letzte Bemerkung stieß mir sauer auf. Mir erschien das alles unwirklich, unglaubhaft. DAS sollte Lidia sein? Die Frau, die ich versuchte zu lieben? Na ja. Man hat's nicht immer einfach. Wir fuhren mit dem Auto Richtung Norden, an der Basilica della Misericordia vorbei, die Viale Leopardi hinauf. Leopardi war der große Dichter dieser Gegend gewesen. Ich erinnerte mich, ihn gemocht zu haben, als ich achtzehn oder neunzehn war. Ich erinnerte mich aber an keine Zeile von ihm.

Crombergs Haus lag knapp zwei Kilometer vor der Dorfgrenze, zwischen einer Zypressengruppe, neben Kartoffelfeldern. Ein altes Haus, simpel, klotzig, quadratisch, weißleuchtend. Zwei Stockwerke, vier Fenster, kein Giebel, Flachdach. Sah aus wie ein Vorratsspeicher. Von der Landstraße führte ein holpriger Feldweg hin. Ein Hase flitzte aus einer Hecke. Cromberg und drei andere Männer saßen vor dem Haus an einem Campingtisch. An einem Baumstumpf lehnte eine klassische Konzertgitarre. Auf dem Tisch standen Kerzenstummel. Cromberg trug teure Kleidung, wie am Vortag. Sehr lässig lümmelte er in einem Strohkorb. Seine Kumpane trugen Bärte, alle drei.

Cromberg begrüßte Lidia überschwenglich und schenkte uns Fußvolk ein Kopfnicken. Bis auf ihn war die Szenerie erträglich. Ich nahm mich zusammen. Wir wurden seinen Jüngern vorgestellt. Sie selbst gaben sich als Kunststudenten aus.

Die Stimmung war ziemlich feindselig. Lidia quatschte dauernd irgendwelches Zeug, das sich blöd anhörte.

Cromberg und seine Schwanzlutscher hielten die vier Sitzmöglichkeiten besetzt, Lidia hockte sich auf seinen Schoß. Es sah grauenhaft aus. Richard und ich standen herum, bis wir auf der Kühlerhaube des Kadetts Platz nahmen. Ich mochte dieses Haus.

«Ham Sie was zu trinken, Cromberg?»

Er sah mich an und deutete auf den Eingang.

«Steht im Schatten.»

Ich ging hin und entdeckte einige Korbflaschen Wein, dicke Fünfliterpunzeln, und daneben einen Kasten deutsches Bier. Das hatte ich mal wieder nötig. Ich nahm den Kasten mit hinaus.

Richard sah mich dankbar an. Wir öffneten zwei Pullen mit unseren Feuerzeugen. Unterdessen hatte Lidia die Bärtigen in eine Diskussion über Farben verwickelt. Es war sehr langweilig, und nur das Bier hielt mich davon ab, mich einzumischen.

Man stellte uns gegenseitig vor. Fred, Martin, Paolo.

Paolo war Spanier, aber Fred war der Flamencospieler.

Er ließ sich nicht lang bitten und legte los. Hörte sich ganz nett an. Es wurde langsam dunkel. Die Kerzenstummel wurden entzündet. Sie brannten schnell runter. Richard flüsterte mir was ins Ohr.

«Wir hätten nicht herkommen sollen!»

«Ach was.»

Lidia kraulte Cromberg den Nacken. Er sah sehr zufrieden aus. Cromberg hielt sich aus der Diskussion größtenteils raus, aber wenn er was sagte, gab es keinen Widerspruch. Irgendwann ließ er einen Satz gegen Klimt fallen, einen meiner Lieblingsmaler. Selbst das brachte mich nicht aus der Ruhe. Mir war fast alles egal. Das Bier schmeckte hervorragend.

Cromberg winkte uns ins Haus.

Es gab kein elektrisches Licht. Drei siebenarmige Leuchter wurden mit frischen Kerzen gefüllt. Das Haus bestand nur aus zwei riesigen Räumen, Erdgeschoß und erster Stock, durch eine metallene Treppe verbunden.

Wir ließen uns an einem breiten Holztisch nieder, kreisförmig. Lidia wollte, daß Cromberg uns sein Atelier zeigte. Er sträubte sich. Bei Kerzenlicht gäbe das ein falsches Bild. Lidia bestand darauf. Also zockelten wir alle hoch, mit den Leuchtern bewaffnet, durch die enge schwarze Luke. Oben standen drei Staffeleien, drei oder vier fertige Bilder lehnten an der Wand. Ich muß zugeben, das Zeug machte Eindruck. Sehr düster. Blut. Menschen. U-Bahnen. Maschinen. Ich war mir sicher, daß dieser Typ nie viel davon erlebt hatte. Er mußte sich das alles ausgedacht haben. Aber darauf kommt es nicht an.

«Es gefällt mir gut!» sagte ich ihm.

«Wie schön.»

«Es ist Ihnen egal, was ich über Ihre Bilder denke, was?»

Er überlegte kurz.

«Ja. Eigentlich schon.»

«Das hab ich mir gedacht.»

Meinen Erfahrungen nach denken gute Leute über jedes böse Wort drei Wochen nach, auch wenn es vom letzten Penner stammt. Vielleicht log Cromberg.

Ich klemmte mich bei Lidia ein und suchte ihren Mund. Sie gab mir einen langen Kuß.

«Danke, daß du dich so gut aufführst!» hauchte sie mir zu.

«Du bist widerlich!» gab ich zurück.

Wir stiegen wieder hinab. Der Holzboden knarzte gemütlich unter den Schritten. Der derbe Tisch war voller Wachsflecken, die im Kerzenlicht lila schimmerten. Ein schöner Raum. Zum Pissen mußte man ins Freie, in einen kleinen Verschlag. Zum Scheißen war eine tiefe Grube da, aus der es bestialisch stank.

«Ja», erklärte Cromberg, «das Haus hier war mal ein Getreidespeicher. Mir genügt das. Es war sehr billig.»

Er trank viel, und je mehr er trank, desto mehr bekam sein Maul zu tun. Lidia erhielt haufenweise Komplimente von ihm.

«Nein», warf ich ein, «Lidia ist nicht schlecht. Aber sie ist ein bißchen dumm.»

Lidia fuhr herum.

«WAS hast du gesagt?»

«Ich hab's dir schon mal gesagt. Deine Möse ist das Schönste an dir. Kennen Sie übrigens ihre Möse, Cromberg? DIE müssen Sie malen!»

Lidia schlug mir ins Gesicht.

Wir starrten uns unbeweglich an.

Cromberg begann laut und übertrieben zu lachen.

«Sie gefallen mir, Hagen!»

«Ach? Kein Wunder. Ich gefalle mir zur Zeit nicht besonders.»

Lidia schüttelte den Kopf.

«Ihr seid alle Idioten.»

Das stand so eine Weile im Raum herum.

Die Augen über den drei Bärten fixierten mich penetrant. Meine Wange brannte noch. Ich griff mir eine kühle Flasche und hielt sie dagegen.

«Ich kann mir nicht vorstellen, daß Sie ein guter Spieler sind...», behauptete Cromberg.

«Ist er auch nicht!» zischte Lidia. «Er hat alles verspielt. Er hat es mir gesagt. Sogar seine Stereoanlage ist draufgegangen!» Cromberg lachte noch lauter als vorher.

«Jetzt versteh ich Sie schon viel besser!»

Seine Bärte grinsten. Fred spulte einen schnellen Lauf auf der Gitarre ab.

«Ich bin mir sicher, daß SIE kein Spieler sind, Cromberg!»

«Das stimmt.»

Ich sagte nichts mehr. Ich schwor mir, nichts mehr zu sagen. Cromberg klopfte mir auf die Schulter. Er war jetzt schon sehr besoffen

Paolo, der Spanier, winkte in meine Richtung ab. Das sah gemein aus. Diese geringschätzigen Lippen unter der braungebrannten Stirn.

Richard stieß mich unter dem Tisch mit dem Fuß an.

Das war eine warme Geste der Freundschaft, die ich dankbar empfing. Und Cromberg ließ nicht locker.

«Sie glauben, daß Sie was Besseres sind als ich?»

«Wie alt sind Sie?» konterte ich.

«Zweiundfünfzig.»

«Dann bin ich um siebenundzwanzig Jahre besser.»

«Das ist aber auch das einzige, das ich gelten lasse.»

Lidia war aufgestanden und stampfte durchs Zimmer.

«Ihr seid alle Idioten!» bekräftigte sie.

Fred schlug einen schnellen Rhythmus an. Die Kerzen flackerten.

«Belassen wir's dabei!»

Ich stand auf. Richard stand auch auf.

«Kommst du mit?» fragte ich Lidia.

Sie zögerte nicht. Ich sah nur ein kurzes Schlucken in ihrem schlanken Hals. Ich hätte einen Tag meines Lebens drum gegeben, ihr um diesen Hals zu fallen, jetzt, sofort. Für alles wollte ich sie um Verzeihung bitten, für alle Verbrechen der Welt und selbst für ihre und meine.

«Ich bleibe noch hier. Es ist ja nicht spät.»

«Na gut.»

Wir gingen hinaus. Ich stieg in den Kadett. Der Schlüssel steckte. Richard wollte was sagen, entschloß sich aber doch, das Maul zu halten. Ich ließ den Wagen an und fuhr den ganzen Feldweg im Rückwärtsgang. Eine klare Sternennacht. Wie immer.

Ich fuhr sehr langsam die Viale Leopardi entlang. Mehrere Male war ich nahe dran, umzudrehen.

Unter den Straßenlaternen kreisten Insektenschwärme. Ihr Tanz war hektisch. Sie hatten nicht viel Zeit.

«Aber das Bier war gut», sagte Richard.

«Ja. Das war's.»

XVIII

In der Nacht kamen Alpträume. Des öfteren erwachte ich, froh, daß sie beendet waren. Sobald ich wieder einschlief, ging es ohne Unterbrechung weiter.

Ich träumte, auf einer großen Landzunge zu stehn und in die Gischt des Meeres zu starren. Das Land war schwarz und formlos, und die Zunge rollte sich ein und würgte mich und spie mich hinaus in die Fluten. Das Wasser war klebrig, es hängte sich fest an mich und zog mich hinab. Reiner Leim.

Ich knipste das Licht an. Schluß damit. Schweiß wegwischen! Ich dachte mir Foltermethoden für Cromberg aus. Immer mal wieder durchzuckte mich der Gedanke, daß er gar kein so schlechter Kerl ist...

In meiner Imagination starb er tausend qualvolle Tode in Häckselmaschinen und Treibsandlöchern. Vorher schnitt ich seine Nase ab und stach ihm damit die Augen aus. Die Ameisen sollten ihn fressen! Seinen Kopf in ein Wespennest drücken! Wenn ich nur Geld hätte – alle seine Bilder würde ich kaufen und auf dem Grund eines tiefen Sees versenken. Nein – das nicht. Das ist zu gemein.

Von der Turmuhr schlug es fünf. Die Müdigkeit quoll in meinen Knochen. Vom Bauch aufwärts zitterte ich. Und betete.

«Lidia, komm, komm bitte schnell, ich bin mir jetzt sehr sicher, daß ich bereit bin, Opfer zu bringen, um dir zu gefallen, daß ich dich an meiner Seite haben will, und ich will dir alles von mir zeigen – denn du weißt nicht, wer ich bin!»

Und was passierte? Die Tür ging nicht auf. Keine Schritte auf dem Flur.

Lidia begriff nicht. Sie kapierte immer noch nicht. Dumm war sie – strunzblöd! Eine lange Nase streifte gerade über ihren weißen Hintern... Das war zum Schreien!

«AAARGH!»

Genau. Du sagst es. Das kam von nebenan. Richard war also auch schon wach.

Wie schön!

Ich ging hinüber. Er kotzte gerade den Bettvorleger voll.

Das war praktisch. Man mußte das synthetische Fell nur zusammenlegen und zum Fenster rausschmeißen.

Die aufgehende Sonne tauchte die Dächer des Städtchens in ein dreckiges Orange.

Richards abgezehrter Körper vollführte Gymnastikübungen. Seine Gelenke krachten unter der gelben Haut.

«Hab ich dich aufgeweckt?» fragte er.

«Ach nein.»

«Du siehst ja furchtbar aus!»

Und das mußte ER mir sagen! Das war wohl Galgenhumor.

Riesige goldene Flügel schlugen auf den Horizont ein, jagten das Licht vor sich her, die Lungen des Tages pulsierten, Feuerquallen, Schattenväter. Die Amseln begannen zu singen. Wie immer.

Wie immer und immer und immer. Zum erstenmal glaubte ich daran, daß man es hassen konnte. Daß es Leute gibt, die darauf pfeifen. Die Feuer legen in der Nacht und die Hähne zu ungewohnten Zeiten schreien machen.

Reiß dich zusammen, Hagen. Du kannst Leute nicht ausstehn, die sich nicht zusammenreißen können. Du stehst doch darüber...

Geh dich rasieren und nimm ein Bad. Hol dir im warmen Wasser einen runter. Vielleicht hilft das. Lies die Zeitung.

Und danach wirst du Lidia holen, fest und bestimmt. Wie ein Koloß wirst du auftreten, und deine abgelatschten

Schuhe werden tiefe Spuren hinterlassen. Mit gleichmäßiger Stimme wirst du sie unterrichten, wirst ihr alles von dir erzählen, wirst dich bloßlegen, deine Wunden zeigen und den Ruhm und die Legenden. Notfalls wirst du was erfinden.

«Wo gehst du hin?» fragte Richard.

Ich ging hinaus.

Wie ein blutendes Schaf lag der vollgekotzte Bettvorleger auf der Piazza. Ich stieg in den Wagen und fuhr los, krümmte mich zu einer einzigen kräftigen Faust zusammen. Wer würde es wagen, mir entgegenzutreten? Soviel Tollkühnheit war kaum vorstellbar. Meine Narrenschelle verwandelte sich in einen Morgenstern. Sie sollten nur kommen! Die Frauen! Die Männer! Die Bullen! Soldaten! Heere! Von mir aus die Abramelin-Dämonen. Keine Angst! Und alles wird gut. Im neuen Tag! Im neuen Sound! Im Abschaum der Venus! Die Sense! Ich schüttelte alle Monstren ab von mir und scheuchte sie als Diener vor mir her. Mit hundertsechzig auf den Feldweg. Der Wagen flog durch die Luft und krachte scheppernd hinter der Mulde auf die Erde.

Das Haus lag ruhig zwischen den Zypressen. Häuser haben das an sich.

Ich schlich mich vorsichtig in das Kabuff.

Drei aufgeklappte Feldbetten standen im Erdgeschoß. Die grauen Wolldecken waren von Bärten gekrönt.

Langsam setzte ich einen Fuß vor den andern. Die Dielen knarzten bei jeder Bewegung. Ich erreichte die Metalltreppe. Kühl lag sie in meinen Händen. Ich hangelte mich hoch. Noch ein Feldbett. Zwei nackte Leiber, halb zugedeckt, aneinandergelehnt. Lidias makelloser Rücken strahlte mir zu. Crombergs Nase war in ihren Locken verschwunden. Seine Brusthaare waren grau. Ich sah mir noch mal seine Bilder an. Tatsächlich verloren sie im Tageslicht stark. Hehe. Eine Weile stand ich so rum, hörte den Atemzügen zu. Cromberg zwinkerte mit den Augen. Er stützte sich auf die Ellbogen.

«Das ist ja eine Überraschung!»

«Halt dein Maul!»

«Was wollen Sie denn hier?»

«Lidia!»

Er rüttelte Lidia an der Schulter.

«Was ist denn?»

«Da will dich einer...»

Schläfrig sah sie hoch zu mir.

«Ach, lieber Gott!» stöhnte sie und wischte sich die Augen. Ihre bunte Paradiesschminke war verschmiert und ließ sie wilder aussehn als die seltsamsten Papageien des Urwalds.

«Ich will mit dir reden, Lidia!»

«Kannst du nicht später wiederkommen?»

«Nein!»

Lidia erhob sich in wahnsinniger Schönheit. Soviel nackte Haut. Unterbrochen nur von rosa Brustwarzen und fein gekräuseltem Dreieck. Einen Körper wie diesen einfach so durch die Bude taumeln zu sehn wie eine genervte Hausfrauensilhouette. Es verwirrte mich völlig. Nie hatte ich sie so gesehn. Nackt wie sie war, ging sie mit mir vors Haus, lehnte sich an einen Baum. Ich brach beinah zusammen.

«Also – was ist los?»

Meine Kehle verkrampfte sich. Ich streichelte ihre Wangen. Womit beginnen? Ich war mir peinlich. Lidia streifte eine Ameise von ihrem Knie. Sie machte eine ungeduldige Handbewegung. Alles war verloren.

«Komm mit mir», bat ich. Trotzdem.

«Du regst mich auf!» antwortete sie.

«Willst du nicht mit uns nach Sizilien fahren?»

«Ich fahre mit Lars.»

Sie deutete auf einen alten Mercedes, mit Staub überzogen, versteckt hinter zwei breiten Bäumen.

«Warum?»

«Sag Richard, daß ich ihn sehr mag. Dich mag ich auch. Wir hatten Spaß. Das ist doch gut.»

«Ja.»

«Ihr könnt meinen Wagen haben. Er bricht eh bald zusammen.»

«Das ist nett.»

«Wir treffen uns ja noch mal bei der Vorstellung. Da feiern wir ausgiebig Abschied.»

Diese Bemerkung zeigte ernüchternd, wie sie über die Sache dachte. Ein modernes Mädchen, wirklich wahr.

Ich drehte mich um und trottete zum Opel.

Mit schlingerndem Hintern stapfte Lidia ins Haus zurück.

Diese Scheißamseln zwitscherten unentwegt.

Cromberg stand in der Tür, mit einem Handtuch um die Hüften, nahm sie in die Arme und winkte mir.

Ich hatte mir das alles so anders vorgestellt.

Und wie schnell das ging!

Unvorstellbar.

Immerhin hatten wir uns nicht angebrüllt. Keine Spur. Das war gut. Man muß ihr Zeit lassen, dachte ich. Sie wird Cromberg bald satt haben, und dann muß man auf der Matte stehn, mit neuen Ideen, poliertem Image, überprüften Werbestrategien. Ich bin ein Romantiker. Ein Idiot. Wahrscheinlich ist das aber gar nicht so wichtig.

XIX

Was war?»

«Das Ende von etwas.»

«Ach je.»

Richard kratzte sich am Kopf.

«Ich soll dir ausrichten, daß sie dich gern hat. Sehr gern.»

«Echt?»

«Ja, weiß der Teufel warum.»

«Gehn wir frühstücken?»

Richard hatte einige Schwierigkeiten beim Gehen. Jeder zweite Schritt wurde von einem spastischen Zucken begleitet. «Vergiß nicht, ihr Zimmer zu stornieren!»

Ich dachte sehr praktisch, klar, vernünftig. Ich stand unter Schock und fühlte mich wie ein Roboter. Mechanisch, aber gut geölt. Sogar meine Gedanken blinkten in Leuchtschrift. Klack! Rattatat.

Wie oft würde ich nun ficken müssen, um eine Lidia wiederzufinden? Das würde Arbeit bedeuten. Keine Einwände! Man muß mit einer Frau schlafen, um sie wirklich kennenzulernen. Oder man begnügt sich mit langweiligen Bekanntschaften. Ich war hin- und hergerissen. Sollte ich probieren, um sie zu kämpfen? Wenn ja – wie? Ich wollte mich auf keinen Fall noch mal lächerlich machen. Soso, Hagen, willst du nicht? Dann liebst du sie auch nicht. Klarer Fall. Ich grübelte. Na ja, man kennt das. Es passiert auch anderen. Es gibt keine Lösung. Man kann nur noch auf Zufälle hoffen. Das Schicksal beschwören. Oder einen magischen Trank brauen. Das fiel sowieso aus. Kein Rezept.

«Sie hat uns ihren Wagen geschenkt!»

«Das ist gut. Ich hab schon gedacht, wir müssen mit dem Zug weiter.»

Richtig – Er mochte ja keine Züge. Aber –

«Weiter? Wohin denn?»

Richard starrte mich entsetzt an.

Wir hatten kein Ziel mehr. Wir mußten uns eins ausdenken. Irgend etwas wird schon geschehen, dachte ich.

Es war noch zu früh, ein neues Wunder anzurufen. Man darf es nicht überstrapazieren.

Den Vormittag hingen wir auf dem kleinen Markt herum. Es gab Stände mit Hüten, Sonnenbrillen, Hosen, Blusen, Süßigkeiten, Käse, Fleisch, Madonnen, Fisch, Obst.

Wir schlenderten zehnmal durch. Es blieb entsetzlich langweilig.

Richard wurde ebenfalls traurig. Lidia war ein menschliches Karussell gewesen für uns uralte Männer. Bunt und lachend und streitend. Das ging auch ihm ab. Er begriff jetzt die Tragweite des Geschehenen.

Wir waren plötzlich in einem fremden Land. Wir steckten alles um uns herum mit Traurigkeit an. Schwarze Löcher auf zwei Beinen. Keiner von uns konnte Italienisch. Niemand erzählte uns nun, was da geredet wurde.

Wir spazierten durch eine einzige große Schaufensterdekoration. Und dann die Anfälle! Wenn Richard sich hinsetzen mußte und japste. Anfangs wartete ich noch, bis es ihm wieder besserging, was meist nach ein paar Minuten der Fall war. Gegen Mittag ließ ich ihn bei solchen Gelegenheiten schon allein und sah mir das Innere einer Sehenswürdigkeit an. Da war er froh darum. Die Ärzte mußten sich geirrt haben. Sie sind bestimmt zu optimistisch gewesen. So konnte das doch keine fünf Monate mehr weitergehen! Oder doch?

In Macerata gibt es neben dem Sferisterio noch ein paar andere Schaustücke. Ein Museum für alte Karossen. Die Chiesa di S. Giovanni. Den Palazzo Ferri. Den Rest hab ich vergessen.

Ob es hier auch Nutten gab? Die würden bestimmt umsonst quatschen.

Die Italiener reden wie die Amseln. Ich nahm mir vor, die Sprache zu lernen. Eines Tages werde ich nach Rom übersiedeln.

Richard mampfte noch mehr Pillen. Daraufhin wurde er wieder komisch.

Er bot mir an, Cromberg zu erledigen, samt seinen Jüngern.

«Du hast ja deine Überzeugungen! Aber ich – ich mag ihn auch nicht! Und dann flüchten wir – mit Lidia! Bis die uns finden, bin ich schon tot – und du bist fein raus!»

Ein verlockendes Angebot. Aber blödsinnig. Dann würde ich Cromberg schon lieber selbst killen. Das war nur angemessen. Ob Lidia das gefallen könnte? Bei dieser Frau konnte man sich nie sicher sein. Ich verwarf diese Kindereien.

Richard steigerte sich trotzdem hinein.

«Du mußt nur dafür sorgen, daß ich jeden einzeln vor mir habe! Dann ist es ganz einfach!»

Er deutete auf einen Marktstand mit Stiletten verschiedener Größe, mit Perlmuttgriffen, eines so lang wie ein Buschmesser.

«Halt dich zurück! Du bist mal wieder auf Trip.»

«Ja?»

«Ja, außerdem kann man Cromberg keinen Vorwurf machen. Er ist besser, als ich dachte.»

«Das findest du?»

«Vielleicht bin ich mal genauso wie er. Wenn die Zeiten zu fett sind.»

«Wie sollen die Zeiten je fett werden, Hagen? Du trainierst überhaupt nicht mehr... Was wird aus dir, wenn du auch noch dein Spiel vernachlässigst?»

«Du redest wie ein Vater!»

«Ich fühl mich auch ein bißchen so.»

«Verdammt – du weißt doch, wie es ist – Väter lügen.»

«Dann bin ich ja beruhigt!»

«Stirb du erst mal – dann sehen wir weiter.»

Richard steckte sich grinsend eine Zigarette an.

«Ich hoffe, das sagt auch mal jemand zu dir.»

Dieser Tag verging, wie böse Tage vorübergehen – langsam, zähtropfend, arrogant wie zehn Erpresser, in einem Spießrutenlauf sadistischer Sekundenheere. Wenn man's genauer bedachte, lief die Zeit ab jetzt wieder FÜR mich. Doch das fällt einem in solchen Umständen nicht auf.

Ich überlegte mir ein Leben in der Wüste, in der Einsamkeit, meditierend auf einem heißen Felsen.

Ich würde beginnen, mit der Sonne zu reden und einen Kaktus zu streicheln. Mein einziges Fernsehprogramm würden Wolken und Sterne sein, und an Geburtstagen eine fette Fata Morgana, voll Sentimentalitäten.

Nirgends gäbe es dann Widerspruch. Es gäbe überhaupt nicht viel. Ich würde mein Gedächtnis von allem unsinnigen Kleinkram befreien und bald große Werke der Weltliteratur auswendig runterleiern. Ich würde eins mit mir und einer breiten, sandigen Welt sein. Sollte mich jemand berühren wollen oder nach der Uhrzeit fragen, hetze ich ihm dressierte Skorpione auf den Hals. Niemand würde sich um mich kümmern, niemand stören, unangreifbar wäre ich und stark und das mächtigste Wesen im Umkreis von tausend Kilometern. Und nur im Besenkammerbewußtsein bleiben all die Idioten übrig, die sonst noch auf der Welt rumturnen.

Meine Welt wäre voll Frieden und Größe, und eines Tages würde ein Sandsturm eure Asche vorbeiwehn...

Nein.

Zu einem Leben in der Wüste war ich nicht Schwein genug.

Aber ich wäre gern die Wüste selbst gewesen – eine verliebte junge Wüste, die ein Plakat von New York gesehen hat und auf dem Weg dorthin alles in einem Meer von Sand und Leidenschaft begräbt. Ich würde Züge bespringen und Wolkenkratzer und Flugzeuge, würde sie zu Boden ringen und ihnen eine Ladung Dreck in die Fenster schmeißen.

Das größte je gesehene Stülpmonster.

Sand knirschte zwischen meinen Zähnen. Weh dem, der Wüsten birgt... Ich spuckte dauernd aus und spülte viele Liter in mich rein, tränkte die leere, tote, trockene Erde in mir.

Schwupp! Wie das Leben hervorschoß! Zuerst nur Gespenster, dann feste Formen, bitterböse Nachtschattengewächse. Vor zehn Jahren gelegte Eier zerbrachen, Insekten mit langen Stacheln schlüpften aus und piesackten mich. Verdorrte Hecken trieben Früchte – giftige Kirschen, die schwer im Magen liegen, zu traurigem Wein vergären. Ich roch den Gestank aus meinem Maul und spie von mir, was nur ging. Es blieb noch genug übrig, und das wanderte meine Adern hinauf – setzte sich fest und kontrollierte für lange Zeit Worte und Gedanken. Die graue Eminenz im Untergrund.

Ich ritzte mir eine Wunde, einen kleinen Schlitz in die Brust, versuchte, wenigstens die Nachhut abzufangen. Ich schmeckte an dem, was da rausrann. Hochprozentig. Bis zum frühen Morgen spielte ich mit diesem Saft, malte Höhlenmalereien auf die Haut.

Malen liegt mir nicht. Überhaupt war das alles Unsinn, und ich wußte es, und es machte Spaß. Ich schiß mal wieder auf die Vernunft und den graden Weg in den künstlichen Himmel.

Ein schneller Flirt mit dem Bösen, das tröstliche Kokettieren mit Irrsinn und Wichtigtuerei... Hin und wieder muß das sein – es macht alles schweben und flattern, und man kann rumrennen wie ein Fliegenfänger in der Schwerelosigkeit. Alle Niederlagen werden hingenommen wie Hoteltapeten, gehören zu einem anderen, niederen Leben, das an Bedeutung verliert.

Der Mann, von dem Lidia erzählte, der seine Haare und Fingernägel sammelte, der war wirklich irdisch, irdischer als alle andern – wenn die Geschichte stimmte.

Es kam über mich wie Wasserfälle und Raketen, wie Maschinen und Lagunen, Klaviere, wilde Tiere, schneiend, Feuer speiend, es raste in mir und schmiß mich gegen die Wand.

Ausgerechnet dort – dachte ich ein Jahr zurück – als ich bei einem hochdotierten Turnier den Weltmeister besiegte im Halbfinale. An den Moment, als ich ihm den Dopplerwürfel gab, und er wußte, er würde verlieren, egal ob er den Würfel nahm oder nicht. Das war so ein Moment des Sieges – obwohl es objektiv nicht viel bedeutete. Aber Backgammon- oder Schachmeister sind keine Spieler, sie sind Einzelkämpfer, in der brutalsten Form der Auseinandersetzung, die vorstellbar ist. Boxer und Catcher sind Waisenknaben dagegen. Ich hatte meine Gegner psychisch zerstört und umarmte die Welt hinterher.

Nun war ich zerstört und trat vor die Welt, und die Welt pißte mich an, aber danach würde ich mich waschen und trocknen, und es ging in die nächste Runde, mit verteilten Chancen.

Kurz bevor die Nacht zerbröselte, war mir das von neuem klar. Und ich wollte Lidia vergessen. So versprach ich es dem Tag. Vergessen und keine Energien verschwenden, auf

Deckung gehen, kein K. o. zu erhoffen – Punkte sammeln, Bilanz verbessern.

Für die Zivilisation braucht man einen verdammt guten Werbestrategen in sich.

XX

Die Vorstellung begann. Lidia und ihre Clique tauchten Sekunden vor dem Dirigenten auf, bezogen Plätze schräg gegenüber. Das Sferisterio war großartig, übertraf alle Postkarten. Ein Sound, als säße man mitten im Orchester, und ein dunstig rotes Licht zwischen den Säulen des Halbrunds – wie im kitschigsten Puff der Jahrhundertwende. Unter schwarzblauem, gesprenkeltem Himmel, neben schnatternden Menschen, rauchenden Männern, strickenden Frauen. Purpurgobelins waren über die Logen gespannt. Die Bühne war sehr breit, aber höchstens fünf Meter tief. Der Stuhl, den wir für Lidia gekauft hatten, blieb leer – so ziemlich der einzige in der ausverkauften Arena.

Es war eine der besten Darbietungen, an die ich mich erinnern kann, doch sah ich immer wieder zu IHR hinüber.

Cromberg, in einem farbbespritzten alten Sakko, drückte sich die Fingerspitzen an die Schläfen, hörte konzentriert der Musik zu. Fred, Martin und Paolo, die sich – bis auf die braune Haut des Spaniers – so langweilig ähnlich sahen, schienen leise miteinander zu tuscheln. Sie waren das Widerlichste an Cromberg. Ich gebe nichts auf Kleider, aber manches auf die Begleitung. Lidia wog den Kopf im Takt. Sie war ein anderes Gesamtkunstwerk – ein vergänglicheres, verletzbareres. Eine Frau, um die man sich keine Sorgen machen mußte, was die nächsten fünfzehn Jahre betraf. Vielleicht nicht einmal dann. Sie war in Ordnung. Mit Cromberg würde es bergab gehn, das war mir auch klar. Seine Jünger würden zu zwei Dritteln Selbstmord begehn, zu einem Drittel Mörder werden, prozentual geschätzt.

Backgammonspieler gewöhnen sich an, vieles in Prozenten zu vermuten.

Lidias Locken glänzten so schwarz wie Kaffee im Schein einer Kerze. Mit großen Augen staunte sie auf die Bühne.

Ich hielt das nicht bis zum Schluß aus. Kurz vor der Erschießung des Cavaradossi zupfte ich Richard am Arm, und er folgte mir hinaus, ohne zu fragen, vor die hohen Mauern, wo die Fackeln, vom Wind geschüttelt, ekstatische Schatten warfen. Hier blätterte nur noch die Rinde der Schlußmusik dünn durch die Luft. Zum Glück hatte es keine Pause gegeben.

«Ich will diesen Ort verlassen», sagte ich.

«Wir müssen noch unsere Pässe holen.»

Wir gingen zum Hotel, und ich kramte unsere Habseligkeiten zusammen, während Richard die Rechnung bezahlte. Es war kurz vor Mitternacht, als wir ins Auto steigen wollten.

Lidia stand davor. Allein.

Ich sah sie an und war sofort bereit, an eine unvermutete Wendung zu glauben. Freude durchblitzte mich, ich ergab mich der Güte des Schicksals.

«Seid ihr böse auf mich?» fragte sie.

«Aber nein! Steig ein – wir fahren ans Meer!» rief ich.

«Nein, nein. Ich bin nur gekommen, weil ich wollte, daß wir Freunde bleiben. Ich wollte euch nicht verletzen.»

Diese blöde Kuh.

«Freunde», antwortete ich, «finde ich zum Kotzen!»

Ich stieg in den Wagen und schaltete die Scheinwerfer an.

Richard ging hin zu ihr und gab ihr einen Kuß auf die Stirn. Sie klammerte sich um seine Hüften.

Ich legte den Gang ein und wartete eine Ewigkeit, den Kopf abgewandt, bis Richard die Beifahrertür öffnete.

Lidia knallte mit der Faust auf die Motorhaube und zeigte mir den Finger. Ich fuhr los.

«Du bist ja hysterisch!» sagte Richard trocken.

«Hast du 'ne Pille für mich übrig?»

«Klar!»

Er gab mir eine. Ich schluckte sie runter.

Die Straße führte leicht hinab, schlecht geteert, Schlaglöcher an den Ufern.

Meine Haare klebten vom roten Wein, ich sah aus wie kurz nach einer Schädeloperation. Ich kürzte ab, über die steinigen Felder.

Eine helle Mondnacht. Es war sehr ruhig in mir. Über alle Quellen meines Tuns schien ein Damm geworfen, der nur die feinsten aller Gefühle entschlüpfen ließ.

Die Teppiche der blauen Schatten lagen wie Reste von Walhallfahrern umher – ohne Ordnung, ohne Bedeutung.

Ich bremste vor einem Fluß.

Nie habe ich etwas Ewigeres gesehn als dieses dunkle, stillströmende Wasser.

«Wie sich ein Fluß wohl fühlt, wenn er das Meer vor sich sieht?»

Richard gab durch eine schlaffe Geste seiner Ahnungslosigkeit Ausdruck.

«Auf jeden Fall wissen wir jetzt, WOHIN es zum Meer geht.»

Ich fuhr am Fluß entlang, in der Geschwindigkeit des trägen Wassers. Je näher wir dem Meer kamen, desto schneller floß es, ganz sicher, obwohl es nicht stärker bergab ging als vorher.

«Er freut sich!» sagte Richard.

«Ja. Es ist sein Zuhause.»

«Ich möchte auch ein Fluß sein. Tausend Sachen erleben und doch wissen, daß man am Schluß nach Hause kommt.»

«Der Mensch», sagte ich, «besteht zu siebzig Prozent aus Wasser, wußtest du das? Vielleicht sind wir bloß wandelndes Geröll, Staudämme, Verstopfungen, die die Flüsse in uns aufhalten...»

«Paß auf!»

Ich riß den Wagen herum. Das linke Vorderrad war an der Böschung abgerutscht, es knirschte unter uns, Steine rieben sich am Blech. Ein furchtbares Geräusch, wie eine riesige Glocke nach zehntausend Jahren Stille. Unsere Münder klafften fassungslos. Der Schreck wühlte sich tief in mich rein.

«Kannst du eigentlich Auto fahren?» fragte ich.

«Klar.»

«Fahr du!»

«Verträgst du die Pille nicht?»

«Gib mir noch eine!»

Ich spülte sie mit Rotwein runter. Ich hatte keine Wirkung gespürt. Zu diesem Medikament mußte man sich die passenden Schmerzen besorgen. Richard übernahm das Steuer. Er fuhr schnell. Der Fluß kam nicht mit. Wir holten einen Vorsprung raus.

Das Auto schlingerte, und in jeder Mulde krachte es, und eine Weinfontäne ejakulierte auf uns nieder.

Es steht geschrieben, das Sperma des Uranos fiel auf die Erde und erzeugte die Venus. Ich träumte, eine Gitarre zu beschlafen, ihr den Hals zu küssen, angerissene Nachtsaiten, und mir wird ein Lied geboren werden, ein süßes kleines Lied, das meine Sage singen wird, die Sage von einem, der die Fliegen bekämpft hat, weil sie wehrlos schienen. Solchen Durst schrie meine Kehle hinaus. Wie sehr ich die Nacht liebte in dieser Nacht – ich weiß es genau, ich fluchte dem Tag, der uns im Licht ertränkt, der uns blind schwemmt.

Wir erreichten die Küste, hatten nur drei Zäune durchbrechen müssen. Die weiche, schwüle Luft füllte sich mit Salz.

Und die Küste war voller plumper Felsen, schwarze, glattgewaschene Ungetüme, über die man hinabklettern mußte zum schmalen Streifen Kiesstrand. Glassplitter blinkten im Mondlicht. Ungefähr zwei Kilometer in südlicher Richtung lag ein Ort. Roter und gelber Schein von Lampen hing über dem Meer, und es wehte späte Akkordeonmusik zu uns herüber.

«Sieh dir das an!»

Ich sah hin. Der linke Vorderreifen unsres Opels war platt. Na und?

Vorsichtig ließ ich mich über die Felsbrocken hinab, prüfte mit dem Fuß, ob keine gierige Ritze mich schlucken wollte. Unregelmäßig schwappte die Gischt über die Kiesel. Es war ein Atmen. Ganz klar. Links neben uns wälzte sich der Fluß nach Hause. Wir mußten ein Stück weggehn. Es stank zu sehr nach Fäulnis und Scheiße. Ein versautes Kind kehrte da heim, kroch ins große Fegewasser. Die Musik erlosch.

Richard zog sich aus und tunkte Füße und Hände in den Ozean. Dann umarmte er mich.

In der Weinflasche schwenkte nur noch ein nasser Film. Ich vergrub sie.

Richards Hände wühlten aufmunternd in meinen Haaren.

Meine Augen starrten in den Punkt, wo die Erdkrümmung die unglaubliche Weite des Meeres unseren Blicken entzieht.

Am Horizont welkte ein talgiger Morgen, und dann glühte der Rand auf, Millionen Perlen funkelten in den Fluten.

«Ich gehe jetzt schwimmen!» sagte Richard, und er boxte mich freundschaftlich auf die Schulter. Ich blieb hocken.

Die Kiesel drückten meinen Hintern taub, aber ich fühlte mich so ruhig, so gut, in die Geborgenheit des Alls verstrickt, oder wie man das sonst sagen soll. Einfach nur hier sitzen und das Meer brennen sehn, den glitzernden Schaum und die zitternde Strömung. Sowenig wie möglich atmen. Jeden Muskel schlaff hängen lassen.

Mein Freund stürzte sich mit Anlauf ins Wasser und schwamm ein Stück hinaus. Da winkte er mir. Sein Kopf war ein Schatten, in seinen Haaren loderte Feuer.

Ich winkte zurück.

Er schwamm weiter hinaus.

Er schwamm sehr weit hinaus. Gerade noch gleichmäßig spreizten sich seine Arme, dann sah man nur noch einen Punkt, dann schob sich die Sonne über ihn, blendete meine Augen, und ich nahm die Arme gekreuzt vor die Stirn.

Nach einer Stunde war er noch nicht zurückgekehrt.

Langsam erhob ich mich, vorsichtig. Ich durchsuchte die Kleider des Toten, fand etwas über zweitausend Mark in der Hemdtasche.

Ich ließ den Wagen mit unseren Koffern voller Plunder stehn, wie er war, und spazierte die Uferstraße entlang. Nur das Priestergewand habe ich mitgenommen, weiß nicht warum.

Auf dem Meer schaukelten Fischerboote, Motoren röhrten, Kinder warfen Steine in die Fluten.

XXI

Das ist schon fast die Geschichte. Ich nahm den ersten Zug nach München und ging in Richards Wohnung, setzte mich neben den zersplitterten Kronleuchter und trank all den Wein, den teuren Retsina, den er geliebt hatte. Ich brauchte eineinhalb Monate dazu und war keine Minute nüchtern. Ich las auch die Briefe alle, die die Leute im Laufe seines Lebens an ihn gerichtet hatten. Es waren gemeine darunter und liebevolle. Manchmal kamen mir die Tränen. Meistens aber dachte ich, daß alles gut war, wie es gekommen ist.

Er hatte das Beste draus gemacht.

Im September kam eine Frau vorbei. Sie behauptete, Richards Schwester zu sein. Von einer Schwester hatte er nie etwas erzählt.

Eine bösartige Person. Erst schrie sie laut, als sie mich sah, dann holte sie die Polizei, und die buchteten mich wegen vermeintlichen Einbruchs ein, zwei Tage lang – bevor sie mir Glauben schenkten.

Ich ging danach noch einmal zu seinem Haus. Handwerker waren damit beschäftigt, die Wände zu weißeln. Auf einem großen Abfallhaufen lagen die Reste des Kronleuchters und der alte Fernseher und die Priesterkutte. Die Schwester, die ihm überhaupt nicht ähnlich sah, trug eine Schürze und ein Kopftuch und dirigierte die Arbeiter, und sie sah glücklich aus. Er hätte mir das Haus bestimmt vererbt, wenn ich drum gebeten hätte. An was man alles denken sollte...

Traurig ging ich nach Hause, in meine kleine Bude am Stadtrand, zahlte die fälligen zwei Monatsmieten, und da begann der Regen, und die Kälte brach herein, und ich dachte nicht mehr an Lidia, und ich dachte nicht mehr an Richard und Cromberg. Aber an Italien dachte ich und das Meer. Ich nahm meine letzten vierhundert und kam hierher. Den Rest kennst du. Nun, verstehst du das alles?

Bernd nickt.

«Aber klar. Wozu sind wir denn in die Schule gegangen?»

Bernd steht auf und öffnet die Tür. In den verrauchten Spielräumen sind nur Gewinner übriggeblieben, die angeberisch miteinander plaudern. Die Verlierer sind längst fertig mit der Welt und ihrem Geld, sind nach Hause geschlichen und überlegen sich Verbrechen. Man setzt hier nur noch ein bißchen zum Spaß. Bernd Flach, fröhlich wie immer, sieht mich nachdenklich an.

«Hagen, du mußt dich am Riemen reißen! Schnapp dir ein Board, und fang mit dem Training an! Leibowitz ist in der Stadt – stachelt dich das nicht auf?»

«Ich glaube, ich werde nie wieder ein guter Spieler. Wahrscheinlich war ich das auch nie...»

«Unsinn! Du hast den Weltmeister besiegt und einige andere! Aus dir kann was werden!»

«Ja, ich hab den Weltmeister besiegt. Na und? Gegen wen soll ich jetzt spielen? Ich hab ihn geschlagen, und das war der beste Moment, den mir dieses Spiel je geben wird...»

«Also – bei deinem Anblick beschließt bestimmt jeder Selbstmörder spontan, weiterzuleben!»

«Danke.»

«Weißt du was?» Bernd klopft mir auf die Schulter. «Den Rest des Abends hast du Getränke frei!»

Ich schnappe mir ein Bier und sehe nach der Uhr. Es ist Viertel nach vier. Der verdammte Laden schließt um fünf.

Helmut Krausser

«Wer das sprachliche Handwerk so beherrscht wie Helmut Krausser, der hat eine große Zukunft.»
Deutschlandfunk

Schweine und Elefanten
Roman. 3-499-22898-X

Könige über dem Ozean
Roman. 3-499-13435-7

Fette Welt
Roman. 3-499-13344-X

Der große Bagarozy
Roman. 3-499-22479-8

Melodien
oder Nachträge zum quecksilbernen Zeitalter
Roman. 3-499-23380-0

Spielgeld
Erzählungen & andere Prosa
3-499-13526-4

Mai. Juni
Tagebuch des Mai 1992
Tagebuch des Juni 1993
3-499-13716-X

Juli. August. September
Tagebuch des Juli 1994
Tagebuch des August 1995
Tagebuch des September 1996
3-499-22335-X

Oktober. November. Dezember
Tagebuch des Oktober 1997
Tagebuch des November 1998
Tagebuch des Dezember 1999
3-499-22888-2

Januar. Februar
Tagebuch des Januar 2001
Tagebuch des Februar 2002
3-499-23404-1

3-499-23214-6

Foto: The Image Bank / Richard Ross

Deutschsprachige Literatur bei rororo

Ecstasy, die Nibelungen und die große weite Welt

Alexa Hennig von Lange
Relax
Roman. 3-499-22494-1
«Relax» ist ein Drogenroman, ein Flug durch ein Wochenende. Und es ist eine Liebesgeschichte: cool und komplett unmoralisch, schreiend komisch und doch wunderbar anrührend. «Alexa Hennig von Lange – die Antwort der Literatur auf die Spice Girls.» (Die Zeit)

Andreas Altmann
Einmal rundherum
Geschichten einer Weltreise
3-499-22931-5

Thommie Bayer
Das Herz ist eine miese Gegend
Roman. 3-499-12766-0

Thor Kunkel
Das Schwarzlicht-Terrarium
3-499-23151-4

Moritz Rinke
Die Trilogie der Verlorenen
Stücke. 3-499-22777-0

Die Nibelungen
Nachwort von Peter von Becker
Rinke ist in seiner Neubearbeitung den Fallstricken der Deutschtümelei mit feiner Ironie entgangen. Seine Fassung vermeidet brachiale Neuinterpretationen, sie besinnt sich vielmehr auf die ursprünglichen Erzählstränge.

3-499-23202-2